異世界に
転移したら山の中だった。
反動で強さよりも快適さを選びました。
13

主な登場人物
ジーン
姉の勇者召喚に巻き込まれ、異世界に転移した大学生。物を作るのが大好きで、手を抜かない性格。人に束縛されるのは嫌だが、世話好きな一面も。
ハウロン
ジーンが普通を知るために、ノートに紹介してもらった伝説の魔法使い。リンリン老師のときは偏屈だが、ハウロンになるとオネエキャラになる二重人格。
カーン
火の時代に栄えた国の王を名のる者。ジーンによって助けられ、火の国を復活させようと考えている。
キャプテン・ゴート
外海の航路を3つ開拓した偉大な船長。精霊の呪いで猫にされている。通称、猫船長。

アサス
エスの夫である豊穣の神。浮気者で、あちこちに種をまいており、トラブルのネタになっている。
エス
アサスの妻で、エス川の神。名前通りドSな性格。
ステカー
嵐と戦の神。基本的に犬系の見た目で、剣を振るう時だけ人型になる。ジーンに「わんわん」と命名される。

Contents

異世界に転移したら山の中だった。反動で強さよりも快適さを選びました。13

じゃがバター

イラスト
岩崎美奈子

1章　火の国

半眼《はんがん》で見てくる猫船長やソレイユたちとナルアディードの港で別れ、煮詰まってるのか行き詰まってるのかわからない、ぶつぶつ言うハウロンをレッツェたちに任せて『家』に帰ってきた。

俺だってまさか忖度《そんたく》工事が行われるなんて思ってなかったんですよ……。

とたとたと駆け寄ってきたリシュをわしわしと撫《な》で、しばし遊ぶ。引っ張りっこと取ってこいと、リシュを転がす遊び。立ち上がったところでごろん、あっちにごろん、こっちにごろん。距離を取って、短く走ってきたところをごろん。

ごろんとリシュがジャレついてくるのはセット。俺の手の前で、笑顔のままかぷかぷと空気を噛《か》む仕草。かぷかぷされたらリシュをごろんとひっくり返す。

満足したところで切り上げて、夕食の準備。そろそろまた粉挽《こなび》きしなくちゃ。

本日はトマトの冷製出汁《だし》漬け、オクラつき。鶏《とり》もも肉の黒胡椒《くろこしょう》焼き、筍《たけのこ》の混ぜご飯。お漬物と、赤出汁なめこ汁。

トマトは、出汁に漬《つ》かって青臭《あおくさ》さが消えている。ひんやり美味《おい》しい。鶏ももは皮が香ばしく、肉は汁気《しるけ》があって柔らかすぎずいい感じにできた。

出汁の文化も広めたくって、味覚についてはまっさらに近いチェンジリングに刷《す》り込もうと頑張ってる。ただ、過去の味がしたものに執着してるところがあって、奴ら偏食だ。

いや、味がするものは満遍《まんべん》なくなんでも食べるんだけど。たとえば、キールは甘いものに執着してる。キールみたいに個々に特別な食べ物があるっぽい。

島でものを食べて初めて味がした……！　というチェンジリングもいる。キュウリらぶなチェンジリングとかどうしたらいいのか。

季節ものは困るから、通年食えるものを最初に食べさせて刷り込むべきだよね。

さて、明日は何をしようか。地の民との宴会まで予定はない。宴会の前に、島に依頼した酒を取りに行くくらいかな。

粉挽きと、『家』の手入れをしよう。『家』自体は傷《いた》んでないんで、整理整頓的な意味で。

そう、まずは目を背《そむ》けていた、メモ帳《ノート》を綴《つづ》って本にしたのが置いてある本棚。あからさまに本が溢《あふ》れかかっている。具体的には並べられた本の上に横置きになってるのがある。

もう諦《あきら》めて専用の部屋を作って本棚を並べるか。増えるのは確定だし。

そういうわけで、おはようございます。

今日は絶好の粉挽き日和《びより》です。風がほとんどないから、ぼふっといかない日です。風はないけど涼《すず》しいし。

小麦をセットして、とりあえず粉挽きは大丈夫。興味津々《しんしん》な精霊に、紐《ひも》を引いて、石臼《いしうす》に定期的にパラパラ小麦を落としてもらう。粉が溜まったら袋に落としてもらうのも、慣れている精霊がやりたがる新顔の精霊に教えてくれる。

しばらくしたら、トウモロコシとか他のものに替えて粉にしてもらおう。

で、棚の移動。移動場所はどうしよう？　俺的には、『家』の中で執事がいる部屋に置きたいんだけど。最初に安全な『家』を望み神々とああだこうだやった結果、この『家』はマナーハウスみたいになってるから、執事用の部屋があるんだよね。狭いけど。

どう考えても本棚をたくさん置いたら、いるところがなくなるどころか、すぐに本棚でみちみちになる。空《あ》いてる広い部屋に移すのが妥当だな。

西日が入らない広い部屋に決めて、棚を移動。【収納】は模様替えに便利だ。

で、肝心の新しい本棚はどうしよう、他に空いてる同じ棚があるから、それを地の民のところに持ってって、同じものをたくさん作ってもらうのがいいかな。

……すでに溢れかけてるのに、地の民に頼んだら本棚ができるまで時間がかかる気がする。かといって、いきなり本棚を持ってって驚かれない職人の心当たりがない。島の職人さんはまだ大忙しで、島以外で使う本棚を頼むのは気が引けるし。

土偶《どぐう》ちゃんにもらった木材はまだたくさんある、久しぶりに自分で作るか。

よし！　まずは部屋のサイズを測って、部屋にピッタリ並べよう。あれだ、窓の周囲も全部本棚！　っていう部屋にしよう。棚と棚の間は全部揃《そろ》いでいいし——

簡単な図面を書き、納屋《なや》に移動して『斬全剣《ざんぜんけん》』でせっせと材木を切り出す。この木、雑に扱うというか、俺が何かしたのがバレると、地の民とソレイユが地面を叩《たた》いて泣きそうだけど。

一応、【生産の才能】持ちなんですよ。

誰にともなく心の中で主張しつつ、作業を続ける。上と下につける飾り板だけ、地の民に作ってもらおうかな。それならいつ出来上がってきてもいいし。

リシュが納屋のはじっこでエクス棒をあぐあぐと齧《かじ》っている。作業中、視界に入るとものすごく癒《いや》される。うちの子可愛い。

本棚を作りつつ、粉挽きをする。

そういえば、扉とか棚とか1人で支えられずにレッツェに手伝ってもらったっけ。今は精霊に手伝ってもらってるけど。

うっかりしてたけど、これも叱られるやつだな？

バレなければ問題ない。『家』でのことはノーカンでお願いします。心の中で言い訳をしな

がら、せっせと板を切り出す。同じ規格で切り出した板を図書室に決めた部屋に運び込む。まず窓のカーテンを邪魔にならないよう全部外して、組み立て始める。

棚板の上を丸い精霊が転がる。それは傾いてるから転がるの？　それとも自力走行？　棚板の水平取りたいんだけど、どっちだかわからん！

床から天井までの本棚、窓と扉だけ避けて全部本棚！

図書室完成！

理想的な見た目にできた！　まだ棚はガラガラだし、埋まっているところは全部精霊を名付けたメモ帳を本に直したものだけど。

製本するための机も設置。書き連ねられた名前が弱い精霊だけならば、メモ帳《ノート》が製本までやってくれるのだが、一定以上強い精霊が混ざると俺がやるしかない。

強い精霊の場合、他の精霊と同じメモ帳に書かれるのを嫌がるのもいて――弱いのの中にも嫌がるのはいるけど、諦めて名前を書く――そのままでは本の形に綴れない。

メモ帳をまず解《ほど》いて、紐で編み込むように綴り直し、面が揃うよう削《そ》ぎ落としたり、圧縮したり、木の板に皮を被《かぶ》せて表紙にしたりと、なかなか手間がかかる。

表紙の方が厚い薄い本を作るのもなんだし、その精霊に関する説明をちょっと書いて、その精霊に関わるシンボル的な絵を本人に描いてもらったり、既製の絵から選んでもらったりしてページ数を水増ししてる。白紙のページもたっぷりとって、近しい眷属《けんぞく》たちがあとから書き込めるようになっている。

最近俺が製本したのは、エスの神々とセイカイとウフ、そして白い女神。

エスの精霊は同じ本。エスに始まりアサス、わんわん、ネネト、スコス——他の小さな精霊たち。エスが新しいメモ帳に名前を書いたあと、エスの精霊たちが名前を連ねた。

先に他のメモ帳に書いたエスの精霊たちの名前も、エスが名前を書いたメモ帳にいつの間にか移動してるし。

母なる川エスとエスの精霊たち、海神セイカイと海の精霊たちの本。南天を統《す》べる大気の精霊ウフと大気の精霊たちの本。この辺はあれだ、該当の地域にメモ帳を置いたら、まだまだ冊数が増えそう。

名付けの備忘録《びぼうろく》だったんだけど、それが勝手に名を預けていくメモになった。続いてその存在を知った精霊たちが、書きたがるようになった。

本の形にすると精霊ノートが生まれる。名を書き込む精霊が増えても、以降はこの本を担当するノートが綴ってくれる。

そういうわけでこの部屋、作業机でノートが何人かで早速作業を始めていて、ものすごくシュール。

おかしいな？　理想的な見た目だったはずなんだけど。でもいつも作業をしてくれてるのは感謝している。ちょっと魔力をあげておこう。

本は精霊ノートになる。１冊１冊、それぞれの精霊ノート。でも１つの精霊ノート。――さらにまとまって、棚の精霊のノートとか、この部屋の精霊のノートとか現れないよな？

若干不安だけどあとは任せて、俺は普通の本を読みながらおやつにしよう。

本日はチョコレートケーキとオレンジジェラート。

チョコレートケーキは濃厚でしっとり。うん、美味しい。オレンジジェラートも上手《うま》くできた。チョコレートケーキを甘めにした代わりに、今回は皮も少し混ぜて少しの苦《にが》さをプラスしてある。

コーヒーを飲みながら本を読む。

小説系も買ってみたけど、こっちでは図鑑がおすすめ。絵がついてると値段が跳《は》ね上がるんだけどね。稼《かせ》いでいるから大丈夫です。

コーヒー豆も作りたいんだけど、どこかにいい土地はないかな？

決まっている予定は、地の民との宴会、次にカーンの国での宴会。差し入れの手配は色々済ませたし、他に保存の利くパウンドケーキも焼いた。そのために小麦粉をほとんど使ってしまって、粉挽きしたし。

宴会までの間にアミジンの土地の改造を進めておこう。城塞《じょうさい》は気持ちよく使えるように、窓を大きく――いや、暑いな？　ほどほどにしておこう。

アミジンの土地では何を作ろう。アミジンたちの持ち分になった内陸側は結構寒いけど、俺がもらったところは暑い。冬でも温暖。ただ高原地帯も少しある。そこはちょっと涼しめ。葡萄《ぶどう》、オリーブあたりかな。飼料用トウモロコシとか作って、牛や豚を飼うのも魅力的。魔物肉の方が美味しいけど、ナルアディード周辺には魔物はいないしね。ナルアディードに入ってくる魔物肉は干し肉が主だ。

いつかマリナにある『王の枝』を見てみたい気がする。

アミジンの地で作るものは、他の周辺国の生産物との兼ね合いもあるし、ソレイユに相談してからだな。旱魃《かんばつ》の影響がある前は何をたくさん作ってたか確認したいし。

ソレイユはハウロンの依頼も入って大忙しだから、それが落ち着いてからの方がいいかな？　とりあえずアミジンで作業ができるよう、城塞に部屋を整えよう。作業の人が住み込めるように。城塞以外に、ちゃんと地上に住居を建ててもらわないと。

――猫船長に仕事を回したいし、家具とかは普通にナルアディードで調達した方がいいね。最近は青の精霊島式の家具が出回り始めたしね。

島では量産の体制をとるのは難しいから、他で真似《まね》をした物品が作られて出回るのは大歓迎だ。

島の家具の劣化品というか、たとえ島の品と並ぶような出来でも、名前が先行してる青の精霊島のものの方が価値が高いんで、競合とはまた違う状態。実際島の方が出来もいいけどね。

ソレイユの手腕か、完全に『青の精霊島』のブランドを確立してる。普通は先行している商品が強いのに、島の方が後追いで商品を出しても高値がつく状態。

作るだけ作ってソレイユに丸投げしてる状態のものが多いけど、ソレイユは自分の商人欲を満たしつつも、ものを広げるという俺の希望も満たしてくれてる。

ちょっと相反する願いなんじゃないかと思ってたけど、とても上手くバランスをとってくれてる。

俺にとって大変ありがたい存在だ。悲鳴を上げつつも、色々売り捌《さば》いてくれるし。お礼にまた何か贈《おく》ろう。

というか、俺が贈ったものって、大抵商売に利用してるよね、ソレイユ。


アミジンに城塞を整えに行った。

すでに整ってた。

いや、なんというか、よく俺のぼんやりした建物像を形にできたな？　確かにハウロンを案内してた時点で、ここはこうでとか考えてはいたけれども！　なんでこんなにやる気なんだろう、ここの精霊。

たぶん俺が、持っていっていいと許容してた魔力の量が多かったからじゃないかと反省してるんだけど。俺の魔力もずいぶん増えてるので、精霊に魔力を持っていかれる時に、最低1割は残して！　みたいに思ってると、あげすぎになってる気配が。

石の精霊たちは、その魔力で自分がさらに強い精霊になることより、俺の望みを叶《かな》える方に余った力を回してくれたのかな、と。そう考えると、誰が悪いって俺なんだよね。

ただ、どのくらいの精霊が俺の元に来たいと思ってくれているのかわからないんで、調整は難しい気が。1人ちょっとだけですよ！　って言っても、精霊の強さとかありようによって、渡す魔力の量って違うし。かといって1体ずつ確認して渡すのは時間がかかる。

これからも事故りそうなのでなんとかしたいところ。あとでハウロンに相談してみよう。


そういうわけで、予定の空いてしまった俺です。なんか『家』にすごすご帰るのも嫌なので、このまま出かける。

せっかくなんでレッツェの言ってた旅人の石を見つけてみた。

最初に手に入れたのは猫船長から。割れてしまったサンストーン、曇《くも》りの日でも太陽の位置を指し示してくれる石。

旅人の石と呼ばれるものはいくつかあって、それぞれ別の民族に伝わるものだそう。もういなくなってしまった人たちや、旅をやめてしまった人たちもいて、廃《すた》れてしまった旅人の石もあるみたい。

その中で確実にその範囲にいるってレッツェに教えてもらったのが、タリアと中原を隔てている山脈の、中原側にいるエシャっていう人たち。

やることがなくなって、軽い気持ちで旅人の石を見にいったら、うっかり持ち主が火の国の人の末裔《まつえい》だったので、建国を前にハウロンが大忙しになった。

流浪《るろう》の民エシャが持っていた旅人の石は、縁を繋《つな》ぐ石。故郷の家族、友達や愛する人と縁を繋げ、無事に戻ることができる。そういう旅人のお守り。

だから、会いにいったエシャがカーンの関係者だったことも、縁ですよ、縁。俺のせいじゃありません。

エシャの民は自分たちを「火の国」の末裔って言ってる。

エシャを守っている火の精霊と砂の精霊。弱々しいけれど、古い精霊たち。火の精霊はともかく、砂の精霊はベイリスの気配がしたので、国の呼び名はともかくカーンの昔の国——「ティルドナイ」と縁があるのは確定だと思っている。

「緑の国ティルドナイ」

中原は、木々は少ないものの、草の類《たぐ》いが大地を覆《おお》っている。勇者を守護した風の精霊が栄養豊かな土を運んでいた名残《なごり》で、今もまだ残された眷属たちが習慣みたいに運んでいる。

その規模も随分と狭く、薄くなっていっているようだけれど。それでも一面の麦畑や、牧草の草原をそこかしこに見ることができる。

それにたぶん、エシャが移動してきた時代は、もっと木が生えてたと思うんだよね。風の時代の前、中原では木の時代だったはずだし。

砂に囲まれて他に緑が少なければ「緑の王国」と呼ばれるのもわかるけれど、さらに緑豊かな中原で呼び名が変わったのかと思ったんだけど、ちょっと違った。

「火の国が大きくなりすぎて分裂して、また1つになったのがティルドナイ王国よ」

なるほど、「火の国」は一応別にあったんだ？

「そして王国が滅《ほろ》んで、かろうじて残った都市がエスね」

「ああ、エスにも火の民の末裔がいるって言ってたもんな」

カーンの国は中原だけじゃなく、エスからも住民のスカウトしてるよね。

「エスは元々異民族の多い都市で、火の精霊の信仰ももちろんあったけれど、母なる川エスへの信仰の方が強かったの。だから火の国の正統は、ティルドナイ王国で途絶えたと言われている……」

今まで見たり聞いたりした感じだと、火の精霊に限らず、時代の名になるような強大な精霊が消える時は、影響下にある国がまっさらになっている。エスは火の精霊以外の——エスたちの影響の方が大きかったのだろう。たぶん。

精霊に頼りすぎた国のあり方はあんまりよくないんだろうね。精霊だけじゃない、何かに偏《かたよ》って、それに頼って国を造るってのはよくない。

造るまではいいかもだけど、軌道《きどう》に乗ったら他の道も用意しておかないと。

自分の島のことを思い浮かべる。観光と、青い布、精霊灯、作った野菜の取引、小麦の取引——取引する国はなるべく分散するようにお願いしている。

今のところ大丈夫そう？　どうだろう？

「ああ。じゃあ、火の国ってカーンの国で合ってるんだ？」

つらつら考えながらハウロンに聞く。

今度は砂漠の精霊ベイリスを信仰する国になるんだろうか。あと、エスとかアサスとかわんわん。いや、シャヒラという国名からして、『王の枝』がそのまま信仰の中心になりそう。

とりあえず自爆が約束されてる光の精霊信仰じゃなければいいいと思います。

「おそらくは。でも、『砂に埋もれた』なんて表現は、砂漠に捨てられた街にも使われる。でも、エシャが移動した時代的にも合っている」

そわそわしてるハウロン。

「今日会ったら確定するんじゃない？　――とりあえずご飯食べる？」

本日はハウロンをエシャの民の元に連れていくため、カヌムの借家に来ている。エシャの民のことを告げたあと、ハウロンは大急ぎで色々調べたっぽい。

しっかりした裏付けと確認はハウロンの仕事。

そして、故郷に帰りたがっている流浪の民を迎えに行くのは、カーンとハウロンの仕事。

俺は情報をもたらしただけ。無関係な俺が挟《はさ》まるより、お互いその方が心情的にいいだろう。たぶん。

「食う」

黙って話を聞いていたレッツェ。

前日の仕事が遅いとかじゃない限り、ちょっと遅めの朝は、すでに活動中でいないことが多いんだけど。どうもハウロンに頼まれているらしい。

すっかりハウロンの精神安定剤代わりにされてる。俺の兄貴ですよ？　あんまり無茶振りしないでください。精神的に安定してる人がそばにいてくれるというのは、確かに安心だけど。

「アタシにもちょうだい」

落ち着かなかったハウロンが、大きく息を吐いて座り直す。

「はい、はい」

どうしようかな。英国風にしようかな？

フィッシュアンドチップス、シェパーズパイ、豆を煮たのとサラダを付け合わせにしたローストビーフ。ワインとオレンジジュース。

サラダには、ゆで卵の黄身《きみ》とマスタード、生クリームなどを混ぜた、とろっとしたサラダクリームのドレッシングでイギリスプッシュ。

ディーンやカーンがいれば、がっつりステーキもつけるんだけど、レッツェとハウロンだし。

「これ、上に載《の》ってるのなんだ？　ずいぶん滑《なめ》らかだが、グラタンのじゃねぇよな？」

レッツェがシェパーズパイを口に運んで聞いてきた。ホワイトソースじゃないです。

「ジャガイモ。中のはマトンのひき肉だよ」

マッシュポテトは生クリームを入れて滑らかにしてある。

「ああ、ジャガイモってこんな料理もできるのね。シュルムの貴婦人が喜びそうだわ」

「喜ぶんだ？」

ジャガイモ人気ですか？

シュルムにはトマトも入ってそうだけど。

「こっちじゃ肉を豪快に噛みちぎるのがステータスだが、あっちは一周回って噛まずに食べるのがマナーだとよ」

「は？」

流動食？

教えてくれたレッツェもなんかちょっと嫌そう。旱魃で暑かったから冷えたゼリーが流行《はや》ったとかそんな感じ？　謎すぎる。

「前からちらちら聞いてたけど、『噛み砕《くだ》く』というのが獣《けもの》のようだと忌避《きひ》されてるの。どうせ長くは続かないでしょうけど。このお肉、柔らかいわね？　薄いのに肉汁が出て、ソースに混ざっていい味だわ」

ローストビーフを食べながらハウロン。

「ま、俺たちには関係ねぇな。他の国のわかんねぇ料理より、目の前にある料理の方が断然美《う》味《ま》いしな。——目の前の料理もわかんねぇの多いが。こっちの白身の揚げ物はどっちつけるんだ？」

レッツェの視線の先には2つの小皿。

「好みでどっちでも。タルタルソースとお酢《す》だ」

俺はお酢をつけたあとにタルタルソースもつける。

「フライドポテトも熱いうちよね。――ジャガイモもずいぶん広がってきてるけれど、まだ茹《ゆ》でてパンの代わりに、のパターンが多いわ。早く戦《いくさ》が落ち着いてジーンの調理法も広まって欲しいわ」

ハウロンがポテトを口に運ぶ。

多少の好き嫌いはあるけど、みんなと食の好みが合ってよかった！！　宇宙食が好きです、って言われたら毎回食事時に途方に暮れるところだった。


で、エシャがいる山の奥に、ハウロンを【転移】で連れていく。

俺が二度行くのも変だし、ハウロンに任せて姿は見せない。

「こんな場所に2人目……？」

エシャの民にものすごく警戒されてる！

「1人目から聞いて訪れたのだ。ハウロン、大賢者《だいけんじゃ》と呼ばれる」

リンリン老師!?　いつの間に！

「エシャの民の来《こ》し方に興味を持ち、まかり来た」

……威厳たっぷりな感じで、威圧しながら話を持ってってる。

大賢者の興味と調査の名目で、対価を示しながら、色々なことを聞き出しているっぽい。

こういう時、名前が売れてると便利だな？

あ、1回目に来た時、俺も大賢者の弟子を名乗っておけばよかったのか！

で、無事にエシャの人たちが、カーンの国の遠い関係者だと確証を得てくれて、今度はハウロンが数日後に、カーンとエシャの民との再会をお膳立《ぜんだ》てした。

水盆《すいぼん》の中で、ハウロンとカーンがエシャの人たちと会っている。ハウロン・プロデュースの顔合わせは、俺と違って繊細《せんさい》でドラマチック。小さな子は大人たちの様子に戸惑《とまど》って立ち尽くし、大人の幾人かは膝《ひざ》をついて泣いている。

これ以上の覗《のぞ》き見は悪趣味かな？

水面をちょんとつついて、精霊の映し出す絵を消す。もう終わったの？　みたいな反応で、リシュが噛んでいた綱《つな》を離して顔を上げる。

「果樹園でマンゴーの収穫するぞ」

リシュに笑って言って、窓からテラスに出る。

マンゴーは数日前にも収穫したけれど、赤く染まって美味しそうな実ができている。あと2、3回はたくさん採《と》れるかな。

これからエシャの人たちはどうするんだろう？

長らく小国同士で小競《こぜ》り合いはしてきたけれど、それなりに短い平和はあった。余裕のあるうちは寛容になれるけれど、なくなったら余所者《よそもの》には厳しくなる。エシャの民はすでに中原を旅することをやめて、山の中に逃げ込んで息を潜《ひそ》めている。

大部分がカーンについてくるんじゃないかと思ってるんだけど、放浪の旅がやめられないって人もいるんじゃないかな？　でも、今の中原は、覚悟があっても旅するのは大変だ。

大規模魔法の行使から始まって、大国シュルムが本格的に表に出てきてからは、争いの歯止めがない感じで、数年は落ち着かないかもしれない。

なにせシュルムにいる当代勇者を守護する光の玉は、戦から生まれた精霊。自分自身の正義を疑わず突っ走るタイプ。司《つかさど》ってるのは剣技と攻撃魔法、光属性なのに回復系——癒しは苦手。シュルムが覇権《はけん》を取るには都合がいいかもしれないけれど、あの光の玉が力を増して、眷属を増やしているならば、戦は止まらないよね。特に中原はそういう争いの土壌ができてる場所で、そっち系の精霊にとっては居心地《いごこち》がいいだろうし。

その精霊たちがそばにいる状態では、見える見えないにかかわらず人間にも影響が出る。迷った時に立ち止まって、自分が間違えている可能性を考えるのではなく、信じて突き進む。

中原はかつて勇者を守護した風の精霊が、一番影響を与えた土地。たぶんリシュが風の精霊をがぶっとやったせいで、他の時代のようにいきなり滅亡というのはギリギリ免《まぬが》れた感じだけど、とても不安定なんじゃないかと思ってる。

俺的には、勇者のいるシュルムがのしてくるのは微妙だけど、さっさと統一してしまえとも思う。だって中原の国って山賊《さんぞく》の根城の間違いなんじゃ？　みたいな国が多いんだもん。

姉は外面《そとづら》がむちゃくちゃいいし、小国の住人にとっては今の状態よりいいんじゃないかと思う。そっと気づかないうちに搾取《さくしゅ》される可能性は大きいけれど、そもそれぞれの領主とかに、すでに搾取されてる状態の人の方が圧倒的に多い。たぶん姉が外面を取り繕《つくろ》おうとした分、住人の生活は向上する。

どっちにしても戦に介入する気はない。俺の親しい人たちが巻き込まれるなら別だけど、他の大勢の人たちの人生まで抱えられないから。

今のところ俺の行動は、人間世界的にはシュルムに有利な感じになっちゃってるけど、精霊に手伝ってもらって魔力を分けているせいで、精霊世界的には光の玉が眷属を増やす邪魔をしている状態。

なかなか捻《ねじ》れてるよね。

もう少し、ジャガイモをはじめとして食べ物が広がって、胃袋が満たされて人に余裕がでれば、戦い関係の精霊以外も増えるんじゃないかと思う。

精霊の影響をあまり受けない状態で、住んでいる人自身に戦うかどうかを判断して欲しい。

それはともかくエシャ。

俺がハウロンとカーンの2人を連れていって、全員をカーンの国に【転移】させるのが一番簡単だし、時間もかからないけれど――それは味気ない。

ハウロンの【転移】は、可能な場所までの移動しかないし、一度に【転移】できる人数も限られるから大変だろうけど。その大変さが心に残ることもあると思うんだ。

切羽《せっぱ》詰まって急ぐ状況ならともかく、俺は今回必要ない。

でも再会のお祝いはしたいから、建国の宴会の時に一緒に祝おう。料理と酒をたくさん用意しよう。飾りつけの花が足りなければ、俺の塔《とう》の花を全部切ってもいいって、ソレイユに伝えなきゃ。

カダルに挨拶《あいさつ》して、改良中のマンゴーを収穫。ついでに他の果物《くだもの》も、熟《う》れているものは全部収穫する。

カダルがいるおかげで木々が元気。というか、大木になってわさわさしている。マンゴーの実は、収穫が楽なように枝を横に伸ばすつもりが、剪定《せんてい》をする間もなく、一夜明けたら4メートルくらいになっててですね?

マンゴーって木の枝からヘタに繋がってる軸が長いんだけど、それが精霊の気遣いかなんかでさらに長くなってる。収穫しやすい高さに実がぶら下がってるんで、困らないといえば困らないんだけど。

山全体も木々がもこもこしてるし、木陰《こかげ》のジメジメしそうな場所にも陽が降り注いで花が咲いてるし、流れる水は清らかだし、野菜はみずみずしくってぱっつんぱっつんだし。ルゥーディルは油断すると暗がりにいるし。

あ、ヴァンには剣の稽古《けいこ》をつけてもらってます。鍛冶《かじ》かガラス作りをしようかと思ったんだけど、火を使うには暑いんだよ。冬になったら頑張るから……っ！

なんでこんなに本格的な剣の修行をしてるんだろう、俺。いや、勇者といつか戦うかもしれないし……っ！

そういうわけで、使う予定がないのに剣の腕が上がっているジーンです。備えは大事なのでいいと思います。うん。ヴァンの直弟子《じきでし》とか言われちゃう？

早く涼しくなってくれれば、鍛冶とかガラス作りとかで火を使うのに……！　料理では使ってるけどね。料理中に隣にいるのは俺もヴァンも落ち着かない。

で、現在はその料理中。メインは地の民やハウロンたちが用意するんだけど、その他につまめるものを。パウンドケーキとかは焼いたけど、宴会用の華やかなのを準備中。

単にマンゴーをなんとかしたいだけだけど。手のひらに載るサイズのベイクドチーズのタルト台を用意して、ヨーグルトクリームを絞《しぼ》って――どれ、花形に載せたろ。くし形に切ったマンゴー並べるだけだけどね。

　同じように桃のタルトも用意。ちょっとアールグレイの茶葉《ちゃば》を入れたアーモンドクリーム。美尻《びしり》になりますが、きっと酔っ払っていれば気にならないことでしょう。

　マンゴーのオレンジと桃の薄ピンクの花のタルト。あと一種類くらい別の色欲しいな？　オレンジは色が被る。苺《いちご》は使うからダメ。リンゴにするか、皮も一緒に使えば果肉も染まって結構綺麗《きれい》に赤くなるし。

　他にミートパイのノーマルとカレー味、ベーコンとジャガイモのパイ。そしてその他の余っているフルーツで、大量のラッシーを作って準備万端《ばんたん》。

……金色シリーズをそっと混ぜても、地の民なら受け止めてくれそうだな？　いや、料理せずにそのまま持っていった方が、ウケがよさそうだ。籠《かご》いっぱい用意しよう。

あ！　だったら、「わんわんとアサスへの供物《くもつ》です！」って言えば……っ。よし、籠だ。籠を用意しよう！　いや、なんかこういい感じの大皿とかの方かな？　足がついて高くなってるやつ？

　そういうわけで久しぶりにパスツールに来ました。俺がホーローのバスタブやら磁器《じき》やらを頼んだ街だね。さすがに作ってもらうのは間に合わないから既製品から選ぶ。

そしてなるほど、この優勝カップみたいなやつは、フルーツコンポートって言うんだ？　象がついたやつとかスワン型もあるね。孔雀《くじゃく》もいる。

葡萄の柄切りハサミがある世界だけあって、ちゃんとそのままの果物盛る用の食器がありました。

ただし、ここは高級器屋《うつわや》――というか工房。依頼を受けて作り始めるのがほとんどなんで、あんまり数がないし、形が揃わないな？　大体ディナーのコース用のセットとか、金持ちや貴族がセットで揃えるものだしね。

ナルアディードの方が揃ったろうか。いや、食器はここが最先端で、ここからナルアディードに運ばれてるはずだ。日数をかければ、パスツールでもナルアディードでもどっちでも揃うんだろうけど。

もう完全に同じもので揃わなくてもいいか。精霊に頼んで、精霊金かなんかで同じ装飾を追加すれば、揃いの食器に見えるだろう。たぶん。

あ。

「すみません。この深皿のセット見せてください」

「はい、どうぞ。滑らかで美しい白でしょう？」

お店の人に見せてもらい、大きさを確かめ、これで決定する。

どうせ精霊金で細工するなら、足も精霊金でいいよね？　これなら同じ形でたくさん作れるぞ。わんわんとアサス用、エス用、シャヒラとベイリス用、その他ネネトとか来たらあれだし、倍用意しとけばいいかな？

地の民は籠の方が喜ぶ気がするし。とても繊細な芸術品を生み出すのに、自分たちは素朴《そぼく》なものを好む。宝物庫《ほうもつこ》には宝飾品も溢れてるのに、自身がまとうのは地味《じみ》なもの。でも使う素材は珍しいもので、とても品がいい。

なんか不思議な民族だよね。

首尾よくとはいかなかったけれど、果物用の器を手に入れ『家』に戻る。作業部屋の木箱に入れておいた金と銀を取り出し、皿を据《す》えた机へ。

載せるのも金色だし、白と金と銀じゃ寂しいかな？　魔石《ませき》も余ってるし、数があって綺麗なの見繕ってつけるか。【収納】から適当に出して、石を選ぶ。宝石質の大きなやつ。

たぶん神殿内は暗めで松明《たいまつ》や篝火《かがりび》が焚《た》かれるので、火のゆらめきで綺麗に見えるやつ。

『すみません、この魔石と金銀を使って、これを嵩上《かさあ》げする足と、取っ手を2つと適当に川の流れをイメージした装飾をお願いします。砂紋《さもん》とかでもいいです』

優勝カップみたいな形を思い描きながら、精霊に無茶振りする俺。

あ。足の模様が完全にお寺のあれになった。そうですよね、砂漠で自然にできる砂紋は、見渡す限り砂だから綺麗なんであって、この小さなところでは微妙ですよね。

あ、ちょっと！　寛永通宝《かんえいつうほう》はやめてください！　砂紋かもしれないけど、それは香川県の観光地……っ！　前言撤回、花、花でお願いします！

――色々試行錯誤を精霊にしてもらった末、いい具合のものができた。職人集団な地の民にはとても見せられないけどね！

よし、あとはこれに黄金の果物シリーズをバランスよく載せるだけ。他に使いどころが難しいし、盛れるだけ盛ろう。

地の民との約束の日。

会場の黒鉄《こくてつ》の竪穴《たてあな》に行くにはまず、複雑な谷を通って、複雑な横穴を通って行く。いつもは谷も【転移】でショートカットしてしまうんだけど、今日は最初から。

黒鉄の竪穴まで、ガムリにもらった石がナビしてくれる。これも旅人の石なんじゃないかと思い当たって、また使ってみたくなった。

手のひらの濃い灰色の滑らかな石には、白い矢印が描かれている。濃い灰色の中のその白は、表面だけ凍《こお》った水の中の空気みたいな感じで動く。

中に小さな精霊が住んでいるみたいなんだけど、言葉も話さず、表情もない。ちょっと無機物っぽい精霊なんで、この石がどういうものなのか、本人には聞けない。

矢印を頼りに谷を歩く。もう覚えたし、なくても行けると思うけど、矢印が動くのを見るのはちょっと楽しい。

深い谷なので、多くの場所は陽光が届かず薄暗い。谷の底に溜まるように霧《きり》があって、視界があまり利かない。

俺の谷のイメージって、放射線状の扇状地《せんじょうち》みたいな感じか、一直線かどっちかなんだけど、この北の大地の谷は違う。

入り組んでいて、ところどころごく短い洞窟《どうくつ》のようになっていたりと、ちょっと不思議な感じ。そして周囲の精霊が方向音痴。

というかこの谷に閉じ込められてるのか？　当の精霊たちが機嫌《きげん》よさげなので、単にそういう性質なのかもしれない。

『あ～太陽～あっち～あれ～？　どっち～？』

そう言いながら、太陽に背を向けてふわふわと仲間の精霊に寄っていく精霊。

『あ~こっち~。うんうん、こっち~?』

こつんと頭同士をぶつけ、その衝撃で離れたかと思うと、くるりと背を向けて2匹で別々の方向へ。

くすくす、きゃっきゃと小さな笑い声を残してどこかに消えてゆく。1回正しい方角を教えたことあるんだけど、道を歩いてる――ふわふわしてるのが楽しいんだってさ。

目的地に着くことが嬉《うれ》しいんじゃないらしい。目的よりもその途中が楽しくってしょうがないみたい。そして彷徨《さまよ》うのが楽しいから、どうでもいい目的《いきさき》を見つけるんだって。

谷底の石の精霊も、雨裂《うれつ》の精霊も、崖《がけ》の精霊もこの調子。

『こっち――』

『――こっち』

『こっちだよ――』

『――こっちだよ』

そして常に別な方向に誘う霧の精霊たち。

『さあ、わからなくするぞ！』

『さあ、目を回すぞ！』

谷を渡る風の精霊は、谷の中の精霊たちを掻《か》き回し、向いていた方向を変えてしまう。そしてそのまま、向きを変えられた方向に行ってしまう精霊。

『おうおう、目印に丸を出しておくぞ』

そう言って三角を出す岩の精霊。

『おうおう、目印に矢印を出しておくぞ』

そう言って逆の矢印を出す岩壁の精霊。

途端《とたん》にさっきまでと印象が変わって見える。同じ岩とも同じ壁とも思えない。

まあれです、この谷は周囲の精霊たちがみんな迷っているし、迷わせてるので、中に入り込んだ人も影響を受けて迷子《まいご》になります。迷子製造谷。

俺は影響受けないけどね。このナビ石、旅人の石なのかどうか、あとでレッツェに見てもらおう。いや、ここは大賢者の方がいいのか？


そんなこんなで約束の時間に黒鉄の竪穴に到着。


「おう！　よく来たな！　歓迎するぞ！」

「おう！　よく来たな！」

「おう！　歓迎するぞ！」


地の民は相変わらずだけど、今日は人数が多い。

そういえば、いろんなところの地の民を呼ぶって言ってたね。

「島のソレイユだ！」

「女神の大樹をもたらした！」

「ドラゴンの鱗《うろこ》を、骨をもたらした！」

「美味い酒をもたらした！」

「島のソレイユ！」


盛り上がる地の民たち。

……えーと、会ったことのない地の民に俺の紹介か？　ちょっと恥ずかしい。


「宴会はこっちだ！」

「こっちへ来い！」

「こっちへ！」


どんどん奥に連れていかれる俺。

「さあ、島のソレイユ！　ハーヴグーヴァを！」

「ハーヴグーヴァを楽しめ！」

「ハーヴグーヴァは美味いぞ！」


さあ、ハーヴグーヴァとはなんなのか。

……クジラでした。どうやってここに運び込んだのか謎なんだが、地下の大空洞にどでかいクジラもどきが鎮座《ちんざ》していた。

ただのクジラじゃなくって、魔物化したクジラ。あのゴムみたいな表皮じゃなくって、でかい鱗がついてる。こいつ、こっちでは魚扱いなんだろうなあ。

大空洞には燭台《しょくだい》がいくつも置かれ、篝火も焚かれ、それなりに明るい。それでも天井は黒々として見えないし、向かいの壁も見えないいんだけど。

クジラ――ハーヴグーヴァは、よく見れば解体してあった。解体して、元の姿に見えるよう、皮や骨、頭や尻尾《しっぽ》を上手く組み立ててある。


「さあ、食え」

「さあ、食え。ハーヴグーヴァの肉！」

「さあ、食え。まずはハーヴグーヴァの肉のソテー！」

皿に盛られた料理が回される。


「黒鉄の竪穴のウードの料理は逸品《いっぴん》だ！」

「硫黄谷《いおうだに》のモードの料理も絶品だぞ！」

「赤銀《しゃくぎん》の谷のデードの料理はまずい！」


最後、まずいのかよ！

そういうわけでハーヴグーヴァ初体験です。

鱗を持っていて、喉《のど》の下に大きなヒレがついている。元いた世界の、あの大雑把《おおざっぱ》な中世の絵で描かれたクジラをモデルにした、魔物の実写版という感じ。イルカの魔物もいたしね。

味はクジラと――そもそもクジラを食ったことがない俺。キノコと玉ねぎ、ハーヴグーヴァのソテーは素朴で美味しい。魚より肉寄りの味。

ああ、そういえば地の民って肉好きだもんな。鱗がついてても肉だ、コレ。


「おお、来たぞ！」

「メインだ！　来たぞ！」

「来たぞ！」


地の民の声が広がってゆく。

メイン？　ハーヴグーヴァのステーキとかそんな感じ？


「おう！　惚《ほ》れ惚《ぼ》れとする、黒鉄の竪穴の衆の大胆さ！」

「おう！　心を奪われる、硫黄谷の衆の繊細さ！」

「おう！　見惚《みと》れる、赤銀の谷の衆の均衡！」

「「「美しい！」」」


メインディッシュかと思ったら、神輿《みこし》のように運ばれてきたのはわんわんハウス。


「見よ！　あの滑らかな木肌《きはだ》は、青砥《あおと》の谷の衆の仕事だ！」

「見よ！　あの優美な曲線は、燕脂《えんじ》石《いし》の横穴の衆の仕事だ！」

「見よ！　あの見事な象嵌《ぞうがん》は、翡翠谷《ひすいだに》の衆の仕事だ！」

「見よ！　あの素晴らしき染色は、墨苔《すみこけ》の谷川の衆の仕事だ！」

「「「美しい！」」」

社？

神輿のようにと思ったが、形的にも神輿っぽい。いや、たくさんの彫刻で覆われた小さな神

最初は台座を頼んだはずだけど、犬小屋の印象のせいで、途中で混じった。なので、屋根がついている。

色は真っ黒だけど禍々《まがまが》しいわけではなく、でも畏怖《いふ》を抱かせる。すでに小さな精霊が棲《す》まって、時々表面に姿を見せる。

黒だけど一色じゃない？　ぬめるように輝く黒、光の反射を消した黒、黒檀《こくたん》の木肌をそのまま見せる黒、嵌《は》め込まれた象嵌はたぶん黒いドラゴンの鱗。

とても綺麗だ。綺麗だけど、なぜか俺の書いたわんわんのプレートが、上の方の真ん中にですね……。大丈夫、ひらがなだから俺以外には読めない。

もし遠い将来、日本から勇者召喚《しょうかん》された人がいたら、頼むからカーンの国は避けて欲しい。

絶賛プレートから目を逸《そ》らしながらも、わんわんハウスを見てしまう。雑念《ざつねん》なく見惚れたい！

それくらいすごい。雑念の原因は俺だけど。

「女神の巨樹」

「女神の黒檀」

「ドラゴンの鱗」

「ドラゴンの骨」

「「扱えたことに感謝を！」」


軽くだが、一斉に地の民たちが俺に向かって頭を下げてくる。

「俺の方こそありがとう、素晴らしいものを作ってくれて」

俺も頭を下げる。

そして再開する宴会。とうとう出来上がったわんわんハウス——と呼ぶには神々しい感じの、わんわんの台座を肴《さかな》に酒を酌《く》み交わし、料理を食う。

ハーヴグーヴァのステーキと、ハーヴグーヴァの血が混じった、赤っぽいソース。焼き加減はレア、焼くほどに硬くなるそうで、レアが基本なんだって。

「ハーヴグーヴァってどんな魚？　形は飾ってあるのでわかるけど、どうやって獲《と》るんだ？」

「ハーヴグーヴァは北の海にいる！」
「北海、パフィンの飛ぶところだ！」
「パフィンの飛ぶところだ！」

パフィンってなんだろ？　飛ぶからには鳥？

「海にいるハーヴグーヴァは2つの岩礁《がんしょう》のようだ！」
「腹が減ると大きなげっぷをする！　独特な香りの餌《えさ》を撒《ま》き散らす！」
「魚どもを集めて丸呑《まるの》みだ！」

あー。ザトウクジラとかって、口を開けて直立して、魚が飛び込んでくるのを待つ漁をするんだっけ。周りで仲間のクジラが追い込むやつ。動画を見たことあるけど、俺は岩礁というより、アツモリソウみたいだって思った記憶。

クジラが魔物化したのかな？　エリチカの塩鉱《えんこう》にいたエルウィンって白鯨《はくげい》だったし、クジラはクジラでいると思うんだよね。

「ハーヴグーヴァを探す時は、まず魚どもの行く道を探す！」

「魚どもの道を辿《たど》って、次は空に群れるパフィンを探す！」

「パフィンの下にハーヴグーヴァがいる！」

「ほどよいサイズならば、銛《もり》を撃つ！」

「銛を撃つ！」

「あとは戦いだ！」

「戦いだ！」


探す方はともかく、漁自体は力技《ちからわざ》だった。そして結構な数のハーヴグーヴァがいるっぽい。


「島のソレイユ！　ハーヴグーヴァの魔石を受け取ってくれ！」

「島のソレイユ！　心ばかりの礼だ！」

「島のソレイユ！　我らの感謝、受け取ってくれ！」


何かもらいました。

石というには軽い？　あとでソレイユにどんな価値があるかジャッジしてもらおう。いや、もしかしたらハーヴグーヴァを倒すってこと自体が英雄的行為で、この魔石には、ハーヴグーヴァに勝ったということの証明品的な価値があるのかもしれない。

「ありがとう。俺からも、今回のお礼に珍しい食べ物を持ってきた。あとはいつものお菓子《かし》とかだけど」

流れるようにこの広間に連れてこられて宴会が始まったので、出すタイミングをどうしようかと迷っていた、黄金シリーズ。

「おお!?」

「これは、神々が寄越した争いのリンゴ!」

「これは、深き森の騒乱のプラム」

「これは、神の園の王に与えられる葡萄!」

「これは、至高の……?」

すみません、茄子《なす》です。

さて、わんわんハウスは砂漠に明日移動する。シャヒラの方は、ソレイユたちが頑張って飾りつけしているはず。

なお、金色の果物及び野菜シリーズは、一応切ったら食えるようになると地の民に伝えたんだけど、なんか中身の見える綺麗な箱にそれぞれ収納されてた。

ランタンみたいな形状で、ガラスの中にスモモが納まってたり、真ん中に納められたオレンジを引き立たせる透《す》かし彫《ぼ》りが上と下にあったり。

地の民には金銀財宝を溜め込んでるって噂があって、それは事実だけど、たぶんちょっと溜め込んでる理由が他の人間とはずれてる。

宝石とか黄金とか、普通の人間にとって価値あるものも喜ぶけれど、それは宝石を所有したいとかじゃなくって、その宝石をもっと美しく見えるように加工したいだとか、素材として扱いたい欲なんだよね。もしくはその技巧を手本にしたいとか。

互いに互いの出来を讃《たた》え合い、こうしたらもっといいとかいう会話があちこちでされている。

黄金の果物と野菜は、いい酒の肴になったようだ。

黄金のリンゴとか黄金の葡萄は、地の民の手がけた箱に納まったらすごく格好よくって、ちょっと飾りに欲しくなったし。茄子とかキュウリは見なかったことにしたけど。

『家』に戻ってリシュを撫でる。

「リシュ、今日はお土産《みやげ》があるぞ」

ハーヴグーヴァの骨だ、でかいぞ！

走り寄ってきて匂《にお》いを嗅《か》ぐリシュ。骨をひと嗅ぎしたあと、俺をくんくん。

「あ、ごめん。風呂《ふろ》行ってくる」

謝ったあと、風呂に直行。

地の民との宴会は酒を浴びるほど飲まされるんで、臭《にお》いを抜かないとダメだ。自分で自分の匂いはわからなくなってるけどね。

酔っ払って風呂はいけないんだろうけど、俺の体ならば平気。ディーンたちが時々二日酔《ふつかよ》いで青い顔をしているのを見ると、よかったと思う。その半面、正体をなくすまで酔って、友達と床に転がるなんて真似はできなくって、ちょっと残念。

汗を掻いて、水を飲んで。これくらいじゃ抜けない気がするけど、多少マシと思いたい。

風呂から上がると、ハーヴグーヴァの骨を齧っていたリシュが足元に寄ってくる。そして嗅がれる。

ごめん、リシュ。明日はあんまり飲まないようにするから。明日は俺以外にもいっぱいいるはずだし、きっとカーンなら地の民と飲み比べしても負けないと思うし！　淡々と飲んでるだけで、鯨飲《げいいん》してるのは見たことないけど。量的にはいけてると思う。

リシュと遊んで、明日に備えて眠る。

朝はお粥《かゆ》。お粥というか、土鍋《どなべ》でかなり柔らかく炊《た》いた薄い塩味のご飯。ちゃんとリシュと散歩もしたし、畑も見回った。体調が悪いとかは全くないんだけど、気分的に胃に優しい選択。

宴会は、特に地の民との宴会は、なんかこう勢いに乗せられて飲み食いしちゃうので、どうも落ち着かない。

代わりにゆっくり食べるお粥は落ち着く。色々薬味《やくみ》を変えながら、お粥を楽しむ。梅干し、岩海苔《いわのり》、胡麻《ごま》の3種類だけどね。あんまり種類があっても、今度はこっち、次はこっちと忙しくなっちゃうし、これくらいの数がちょうどいい。

お茶を飲んで終了。

「さて、リシュ行ってくる」

リシュを撫でて、カーンの国に【転移】。

飾りつけはハウロンの希望の下、ソレイユがやってるはず。

俺はその進捗《しんちょく》具合を1回見て、地の民とわんわんハウスの【転移】、わんわんとアサスの引っ越し――ハウロンが言うところの、『神々の渡り』の準備ができたら、カヌムのみんなを連れてくる。

カヌムのみんなも、水に映し出されたカーンの国を見たり、街が砂から出てくるところに立ち会っている。その縁と、ハウロンが頑張ってたのを知ってるんで、お祝いに混ざる予定なのだ。

ハウロンは、今後もカヌムの借家と行ったり来たりするみたいだけど、カーンはほぼ砂漠の国に腰を据えることになる。暖炉《だんろ》のそばにいないとちょっと寂しいね。

そういえば、エシャの民はこのお祭りに間に合ったのかな？　身軽で移動と旅はお手のものみたいな人たちだし、とっくに越してきてるのかな。

「おー、綺麗だね」

色々思いつつも砂漠のシャヒラ国、地上の神殿へ。

明かり取りの天窓がいくつかあるけれど、暑いので分厚《ぶあつ》い石に覆われて昼間でも薄暗い。その神殿にハウロンが灯《とも》したのか、魔法の明かりが浮かび、床や柱には花が生けられている。

篝火や、燭台も用意されている。これはきっと本番の時に火を入れるのだろう。魔法は便利だけど、なにせ火の民だしね。

「いらっしゃい。今、仮置《かりお》きが終わったところよ。台座を運んでもらったら、調整するわ」

ソレイユが言う。

部屋のやや奥よりに2つの台座がある。

片方は、元々この神殿で火の精霊を祀《まつ》っていたもので、これにはアサスが載る。片方は正方形の低めの台座、この上に地の民が作った台座というか、わんわんハウスが載る。

「あ、ごめん。俺も供物的なものを持ってきたんだけど、今から配置って少し変えられる？」

「あら、何かしら？」

聞いてきたのはハウロン。

「これです」

黄金果物と黄金野菜シリーズを載せたフルーツスタンドを出す俺。

「き……っ」

息を詰まらせるソレイユ。

「……」

クッションを構えるファラミア。

「ちょ……っ！！！！！　やばいものがてんこ盛り……っ」

目を剥《む》くハウロン。

「他に使い道を思いつかなくって。腐《くさ》らないし、ちょうどいいよね？」

「よくないわよ！！！」

叫ぶハウロンと、こちらを向いてはくはくと口を動かすだけのソレイユ。

こう、プラスチックの花とか供物とかより断然よくない？

「パスツールの白磁《はくじ》に劣らない美しい磁器……、精霊金・精霊銀っ！　なんてものを持ってきてるの……っ」

パスツールの白磁に劣らないんじゃなく、パスツールの白磁です。

ソレイユがわなわなしてるけど耐えている。金の果物シリーズをスルーしてるのは、きっと商売に向かないものだからかな？　でも、容れ物は範囲内な感じ？

商売用に似たようなの用意してもいいけど、精霊金って希少なんだっけ？

あんまり出すと、値崩《ねくず》れするか。たくさんあるというか、金を『家』に置いておけば精霊金になるけど。

ソレイユに商品を適当に渡すと、えげつない売り上げになって俺に返ってくるんだよね。商品に限らず、宿屋の売り上げとか、国としての交易の金とかもだけど。

ソレイユ、お金も好きだけど、それは次の投資に回せるからだし、美術品とかも好きだけど、それは同じレベルの美術品を愛好する商売相手が寄ってくるから。

商売することと、商売が大きくなっていくことが好きなんだよね。俺は俺で、そのままソレイユに預けて、島の運営に使ってもらってるけど。

思わず理想通りに整えるのに頑張っちゃったけど、元の世界の中世の街並みっぽくって、それでいて機能的で、清潔って、金がいくらあっても足らない。最近、新しく開拓始めちゃったし。島は未《いま》だ石工《いしく》とか大工とかが手を入れ続けてる。あんまり華美というか、ごちゃごちゃにならないように、希望を伝えただけで自由にしてもらってるけど。

庭師のチャールズは島全体に花や木を植えて手入れをしているし、維持にも金がかかる。

代わりに観光産業がアホみたいに収益上げてるけどね！　そこから維持費を出してるよ！

10年後には修繕《しゅうぜん》とか出てくるだろうし、積み立てもしときたいよね！

「大丈夫、大丈夫。ここには一般人は入らないわ……。騒《さわ》がしいのが苦手な豊穣《ほうじょう》の神アサス様と嵐と戦の神——様の要望だもの。ええ、神殿の禁足地《きんそくち》よね」

ハウロンが焦点の定まらない目を、床に向けてぶつぶつ言ってる。

「で？　もうわんわんハウスを運び込んでもいい？」

「わ……、ぐ……」

聞いたら、ハウロンが潰《つぶ》れたカエルみたいな声を漏《も》らした。

「……そうね、戦の神の前で供物を盗める者もいないでしょう。ええ、運び込んでちょうだい。それから整えましょう」

ハウロンの目の焦点が戻ってきた！

「はい、はい。じゃあ連れてくる」

言い残して【転移】。

地の民にはもうスタンバッてもらってる。

運び込む方の神殿に、ハウロンとソレイユ、ファラミア以外いなかったのも、運び込む準備のため。宴会に地の民が参加予定なんで、きっちり隠せるわけじゃないけど、ハウロンの配慮だ。

準備万端な地の民たちに声をかけて、わんわんハウスともどもまたシャヒラの神殿に戻る。


「おお！　風景が変わったぞ！」

「おお！　前に来た場所より暑いぞ！」

「おお！　だが悪くない造りだ！」

「火の時代の遺構《いこう》と聞いたぞ？」

「遺構にしては崩れておらんな？」

「補修の跡も見つからんぞ？」

周囲を確認し出す地の民。

なお、ソレイユやハウロンたちには興味がない模様。今はわんわんハウス設置というお仕事中なので、それに関係すること以外に地の民の意識は向かない。

「ううう、本当に地の民。しかも集団……。北の大地の中でも地の民の元に辿り着くのは至難なのに。どうやって迷いの谷を越えたの……」

ハウロンがぶつぶつ言っている。


「あれが女神の黒檀の輿《こし》を置く場所か」

「あれが竜の鱗の神座《かみざ》を置く場所か」

「あれがわんわんハウスを置く場所か」


「ちょっと、あれはどういう……」

ハウロンがわんわんハウスを見て言葉を失う。

「ううっ……。黒檀というだけでも高いのに……っ、地の民の技巧っ」

床に伏したソレイユには、倒れる寸前、ちゃんとファラミアがクッションを差し込んでいる。

「この石の台座、サイズは合うが彫りが丸い」
「この石の台座、たくさんの誰かが撫でたのだろう」
「この石の台座、模様の彫りがすり減っている」

砂で保存されて状態はいいけど、昔の人たちが生活していた跡というか、傷みというかは残ってるからね。

「そういえば、この溝《みぞ》には水が通る予定だから、何か調整するならそのつもりで」

今は見えない条件を追加。

「ここに水が通るか」
「ここに水が通るのだな」
「ここに水が通る」

地の民たちがその場で修復と微調整を始める。

ついでに対《つい》となるアサスの台座もビフォアアフター。ボヤッとしていたレリーフは綺麗に彫り直され、それに合わせて他にも手が入り、磨《みが》かれ——かつての意匠《いしょう》を活かしつつ、とても美しくなった。


「おお、この布は美しい」

「おお、この青は美しい」

「おお、この縫《ぬ》い取りは美しい」


飾られた花はともかく、青の精霊島の青い布は地の民にも好評のようだ。石担当でも木材担当でもない地の民は、篝火台や、松明台に手を入れ始めてる。

俺が言った、水が流れるというのも組み込み済みで――疑いもなくそのまま受け入れてくれた。


「神殿そのものが、どんどん芸術品に変わってゆく……」

「この場所は入れなくなるのに……」

ハウロンとソレイユが遠い目をしている。

そうか、ハウロンはともかく、わんわんとアサスが鎮座したらソレイユは入れなくなるのか。

わんわんとアサス紹介する？

「うう。目の前に地の民がたくさんいるのに、全員ものづくりをしているか、ものに興味を持っている最中で、商談ができない……」

ソレイユがクッションに懐《なつ》きながらメソメソしている。

「こんなに、こんなにさまざまな分野の地の民がいるのに……」

さまざまな分野？

そういえば木工《もっこう》好きな集落とか鉄製品が好きな集落とか、色々分かれているな？　土偶ちゃんの巨木やらドラゴン素材やら、素材の種類に頓着《とんちゃく》しないで、地の民の中では一番付き合いのあったガムリのいる『黒鉄の竪穴』に持ち込んだせいで、あちこちから集まってきてるけど。

普通はそれぞれに頼みに行くんだろうか？　なんか集落は全部地下道で繋がってるみたいだし、結局1つなんだと思うけど。

「ううう。この神殿、どうなっちゃうの？　地の民の作品で溢れ、黄金の果物と野菜が捧《ささ》げられ、本物の神々が常駐するの？　黄金の果物1つでどれだけの魔法が展開できるのか。というか、この大きさなのはカボチャなのね……」

ハウロンは黄金シリーズが盛り付けられたのを見ながら、立ち尽くしてぶつぶつ言っている。

「邪魔ならわんわんとアサスには2、3日あげて、そのあとは食べていいぞ？　切っとこうか？　果物はそのまま食べられるし、野菜は蒸《む》すとか焼くとか」

そのまま齧るのは無理だけど、切ってあれば普通に食えるのが黄金シリーズ。

薄切りにしとけば、この乾燥具合なら腐ることもなく、ドライフルーツとか干し野菜になると思う。

「……」

ハウロンが泣き出しそうな顔をして俺を見る。

すみません。だってこの黄金シリーズ、油断するとできるもんだから、俺もどうしていいか困ってるんです。

そのまま置いとくと、目にした精霊が力を注ぎに来る。

黄金の果物や野菜は元々、精霊が触れて力を注ぎたくなる何かなんで、あると精霊が寄ってくる。魔力の尽きない魔石みたいな扱いになるのはそのせい。実際には尽きる前に精霊が触って補充されてる状態。

余所はともかく、俺の山の中は精霊が過密なせいで、精霊が玉《だま》になってて。

黄金の果物や野菜に触れなかった精霊が、隣の野菜やら果物やらに拗《す》ねて力を注いでたりするんだよね……。

ちょっと注げば満足するところを、注げなかったことが反動になってたっぷりと。

結果、黄金の何かが増えまくる。

「収穫しないとどんどん増えるんだよこれ。黄金一色のサラダとか野菜スープとか嫌だし、普通の色の果物と野菜がいい」

「色の問題なの⁉」

ハウロンが血相を変えて俺を見る。

「だって味は普通だし……。姿焼きとかはできないけど」

丸ごと焼きリンゴ、ダメでした。

「試さないで⁉」

ソレイユが横たわり、ハウロンが叫んでいるうちに地の民によって神殿が整えられてゆく。

元々のハウロンやソレイユたちが飾りつけた路線を守りつつ、美しく、静謐《せいひつ》に。

自分たちは実用性のあるものや、素朴なものを好むのに、華やかだったり絢爛豪華《けんらんごうか》なものも彼らは得意だ。

……ちょっとカボチャとか白菜とかはやめておけばよかったかもしれない。存在感がおかしい。

そういえばウサギリンゴの時もこだわりは色だったわね……と、ハウロンがぼそぼそ言う。

「……レッツェたちを呼んできて」

「はい、はい」

ハウロンに頼まれてカヌムにみんなを迎えにゆく。今日の俺は無料タクシーなのだ。

カヌムの家に【転移】。

玄関の大きな扉を開いて周囲を見回すと、夕方と呼ぶには早い明るさ。だけどこの辺のこの季節は、陽のある時間が長い。神殿でどれくらい時間が経ったんだろう？

待ち合わせはレッツェたちの住んでいる貸家の居間。

「こんにちは〜。みんな揃ってる？」

貸家の1階に顔を覗かせ、声をかけつつ部屋にいる顔を確認。

「ジーン、こんにちは〜」

「こんにちは！」

「こんにちは〜」

ディノッソ家の子供たちから挨拶を受ける。

親であるディノッソとシヴァは後ろで微笑んでいる。ティナが俺に抱きついてきて、ディノッソの顔がふがーってなったけど。

「クリスがまだだな。アッシュたちはもう帰ってると思うけど、時間にはまだ早いだろ？」

俺の問いに答えたのはディーン。

いつもは大体酒を水代わりに飲んでいるんだけど、今日はこれから宴会のせいか、お茶を飲んでいるっぽい。

それは隣のレッツェもだけど、レッツェは茶を飲んでいる率が高いんで、宴会に備えてかどうかは不明。

「やっぱり早いよね」

「なんだ？　またハウロンに叫ばれたのか？」

レッツェが言う。

「うん。果物と野菜を、わんわんとアサスにって持ってったら叫ばれた」

どうしてそういう結論になるんだろうと思いつつ、叫ばれたことは本当なので素直に答える俺。

「その果物と野菜の色は何色だ？」

半眼でツッコんでくるレッツェ。

「金色です」

「うっわ、あのリンゴの？」

ディーンが驚いた顔をして聞いてくる。

ディーンも察しは悪くない。ただレッツェが異常に聡《さと》いだけというか、俺の心を読むレベルなだけで。

「うん。そろそろ俺の畑も綺麗にしとかないと増えて困る」

「伝説の黄金のリンゴを邪険にしないで？」

ディノッツォが言う。

「ディノッツォ、いる？」

「遠慮する」

即答。

せっかくできた果物と野菜、邪険にしないでください。

これから宴会だから食事ってわけにもいかないし、とりあえず俺もお茶。

「あっちは忙しそうだったか？」

「ハウロンとソレイユは忙しそうだった。神殿の外に出てないから、他はわからないけど、カーンは地下神殿で朝からこもってるって」

1日がかりの神事、らしい。

ディノッツォにわかるとこだけ答える。砂漠に埋もれた街の復活には立ち合ってるけど、ハウロンたちが選んで連れてきた人たちとは、俺はあんまり面識がない。それはここにいる全員そうなんだけど。

でも、中にはディノッツォやレッツェたちが紹介したというか、どこそこにこんな技能を持った奴がいるとか、あの国のあれは人格者だとか、そういう情報をハウロンに流してたらしいので、俺よりよほどカーンたちの国造りに関わっている。

「お邪魔いたします」

「こんばんは。いい日だな」

執事とアッシュが入ってきた。

「おう！」

ディーンが手を挙げて答える。

「クリスがまだだ、って戻ったようだな」

レッツェの言う通り、階段を上がる音がする。

たぶん、仕事で使った荷物を置くか、着替えてくるのだろう。

「うむ。まだ少し早いようだが、ジーンが来た様子だったのでな」

相変わらずの無表情でアッシュが言う。

眉間《みけん》の皺《しわ》は取れてきたけれど、表情があまり顔に出ないのは変わらず。それでもディノッソ家の子供たちには好かれていて、３人が代わるがわる挨拶の軽いハグをしに行く。

【収納】からそっと椅子を出す俺。執事はきっと立ったままなんだろうけど、２人分。貸家の1階はさすがにぎゅうぎゅう。

「やあ！　私が一番最後かな？」

お茶を出そうか迷ったところでクリスが入ってきた。

「揃った、揃った」

ディーンがお茶を一気に飲み干す。

俺も慌《あわ》てて飲んで、空のカップを【収納】。俺が出した以外の茶は、レッツェが回収して台所に下げてた。

「よし、じゃあ集まって～」

全員集めて、砂漠の神殿に【転移】。


元の約束の時間には少しだけ早いけど、迎えに行けと言ったのはハウロンなので問題ないはず。さっき地の民を連れて出た場所に、今度はカヌムのみんなを連れて現れる。

「ただいま。連れてきた」

神殿内はどうやら調整が終わったらしく、地の民もソレイユもいない。

ライトの魔法が1つだけ浮いた暗い神殿で、ハウロンだけが感慨深げに台座のある数段高い場所に立ち、神殿内を眺《なが》めていた。

「相変わらず転移ってすげぇな。視界の変化に慣れないわ」

ディノッソ。

「いきなり暑い！」

ディーン、神殿の外はもっと暑いぞ。湿気《しっけ》がないから爽《さわ》やかだけど。

「む。美しい」

アッシュが神殿内を見て呟《つぶや》く。

「お花！」

ティナはあちこちに飾られた花に反応。

シャクヤク咲きの大ぶりの薔薇《ばら》は青。青は濃いけれど、花びらが薄いからとても繊細に見える。カップ咲きの小ぶりな薔薇、あとは俺の知らない白と薄いピンクの花が、水盆いっぱいに浮いている。

「うっわー！　金色！　かっこいい！！！」

「カボチャ？　すごいね金色！」

バクとエンは黄金の野菜と果物に釣《つ》られている。

うん、果物より、どうしたってカボチャやらキュウリやら茄子に目がいくよね。特にカボチャはでかいし。茄子はテカテカしてるし。

「うわー……。山盛り……容赦ねぇ」

ディノッソが盛られた野菜と果物を見て絶句する。

「聞いていたよりすごいわ。それにあの神座、ずいぶんと気配が……」

わんわんハウスを見たシヴァが、言葉を途中で途切れさせる。

「すごいことになってんな」

周囲を見回すレッツェ。

溝に興味がおありですか？　その溝はエスが来ることを想定しています。

「素晴らしいね！　これから篝火を焚くのだろう？　幻想的に違いないよ！」

クリスが腕を広げて感動を表す。

「いきなり騒がしくなったわねぇ。――ええ。ティルドナイ王が神々をご案内するタイミングで、松明と篝火をつけるわ」

ハウロンが短い階段を降りてくる。

「おめでとう、よき日だな」

アッシュがハウロンに言う後ろで、その言葉に同意するように執事もハウロンに向かって軽く頭を下げた。

「ありがとう。でもその言葉はティルドナイ王へ。この日を待った王の日々ははるかに長いわ」

とても嬉しそうに笑うハウロン。

建物を出て、神殿の広場でソレイユと地の民たち、この国の住人たちと合流。

「あ！　あの時のお兄さん！」

「お？」

時々ハウロンと仕事をしている人くらいしか、見たことのある人はいないと思ってたのに、声をかけられた。

『旅人の石』を譲《ゆず》ってくれたエシャの男の子、その父親もいる。その周りの人たちも、服装がエシャの民のものだ。

「ハウロン様とお知り合いだったんだな。道理《どうり》であんな山中に綺麗な格好でいた」

俺の後ろの、ハウロンの姿を視界に収めながら、男の子の父親が声をかけてくる。

山の中やら国の端やらを長く歩いたあとにしては、服が綺麗なことはわかってたんだけど、こっちの長旅の服装って本気で垢《あか》じみてて、南京虫《なんきんむし》とかいそうな雰囲気なので無理だったんだよ！　一応古着屋でそれっぽいのは漁《あさ》ったんです。

「……」

曖昧《あいまい》ににっこり笑っておく俺。

大丈夫、全ては大賢者のなせる技。俺も大賢者によって、エシャの民の元に派遣《はけん》されたんです。

あ、ちょっとレッツェさん。ほっぺたを無言で伸ばさないでください。

「エシャの民の移住は、急な話でまだまとまってはいないのだけれど、この建国の時に立ち合って欲しくて来てもらったの」

ハウロンが言う。

「故郷に戻るのは我ら先祖からの夢。喜んで移り住むつもりでいるのだが、まだ旅の途中の何人かの同胞《どうほう》と連絡が取れていないんだ」

いい笑顔のエシャの人。

エシャの民の他、神殿前の広場には猫船長のところの船員さんもいた。

ソレイユがせっせと地の民に話しかけている、その隣の集団。ということは、猫船長もいる？　どこだろ？

ああ、船員さんの肩にいた。『王の枝』、見たいって言ってたもんね。

街の広さに対して、多くはないけど、少なくもない人の数。これから行われるはずの、カーン王の宣言を待ちわびている。

カーンとハウロンに見出《みいだ》され、戦火の絶えない中原の国々から逃れてきた有能な人たち。すでに記憶も血も遠い、エスに残っていた火の民の末裔。大陸さえも越えた遠い地で、記憶と血を継《つ》いでいたエシャの民。

期待とほんの少しの不安、喜び。

遠慮して、正式にこの国の人になる者たちの後ろにいる、地の民、猫船長と船員さんたち、ソレイユとファラミア、商会の人。

こちらは仕事を終えた安堵と解放感、これから起こることへの興味。

そして俺たち。ここまで漕《こ》ぎつけたことへの祝いの気持ちと、まだ続くであろう苦労への労《いたわ》り。祝福。


空に残ったオレンジ色は消え、篝火に火が入れられたところで、誰かが囁《ささや》く。その囁きが囁きを呼び、俺のところに届く前に周囲が静まり返る。

地下神殿への階段――ナイル川の水位を測るナイロメーターみたいな階段の続く四角い穴は、今は建物で覆われている。その中からカーンが出てきた。

天上には冴《さ》え冴《ざ》えとした月、その光がカーンを白く照らす。

ギャラリーの俺たちは建物の陰。篝火がいくつも灯され、陰影を作っているがどうも暗い。

……ああ、精霊が、体の一部の黒い薄布《うすぬの》みたいなので火を覆っている。ハウロンが意図的に篝火を暗くしているのか。

カーンが歩いてゆくところだけ、月の光に照らされ他より明るい。

ハウロンあたりが計算して今日という日と時間を選んだんだろうけど、なかなかの演出。

「『王の枝』が披露《ひろう》されるって聞いたんだがな……」

残念そうに呟く猫船長。

大丈夫、今披露されてる、披露されてるよ！


「今日のよき日に」


神殿入り口の階段を上りきったところで、カーンが広場に向き直る。

「『火の国シャヒラ』を興《おこ》す。古きこの地の神々の御心《みこころ》はこの国にあり、『王の枝』は我が手中にある！　寿《ことほ》げ！　砂漠の精霊は我と共にある！　寿げ！」

言葉と共に広げたカーンの腕に、白と黒の繊細な宿木《やどりぎ》のような枝が絡み出し、肩のあたりに白と黒のシャヒラが現れる。そして背後から、カーンの頭を抱くようにしてベイリス。

どよめく人々。

またモテ男完成図を披露してる。『王の枝』は手中って本当にそのまんまだし、かっこいいし雰囲気もいいのにツッコミどころが満載なんですけど！

「我が名はカーン・ティルドナイ。そなたらの国の『王の枝』はシャヒラ、我を守護するは、砂漠の精霊ベイリス！　我はそなたらの捧げる献身の代価《だいか》として、国民の安寧《あんねい》と国の繁栄を誓《ちか》う！」

盛り上がる人々。

「今日のよき日に」

カーンの声に歓声が少し小さくなる。

「神々の渡りあり！　賢《かしこ》き者はこの国を侵略しようとするなかれ！　嵐と戦の神わんわん！」

カーンの左をわんわんが横切り、ハウロンたちが整えた神殿に入る。

周囲から一層大きなどよめきが起こる。

カーンの発音が「ぅわぁんぅわぁん」に聞こえて、なんかちょっと欺瞞《ぎまん》を感じる俺です。

「神々の渡りあり！　我が国民は大地に注いだ労力の分、必ず報《むく》われよう！　豊穣の神アサス！」

待って。

わんわんはともかく、アサスはその柱に埋まった頭部みたいなの、なんとかならなかったの？

「なんと強大な……」

「大きな光が！　２つ⁉」

「ジャッカルの影が……！　あれが嵐と戦の神のお姿……っ！」

「一瞬、緑と湿《しめ》った土の匂いがしたぞ？」

「アサス様は『湿った種子』とも呼ばれる。すぐにでも芽吹《めぶ》く植物の種をお作りになられる」

……上手いこと姿を見せている様子。ちょっと正体をほのめかしつつ、はっきりは見せないみたいな？

「寿げ、祝え！　祝福し、今日という日を楽しめ！　我が国民は、今日という日を記憶に残せ！」

そう言って、マントを捌き、背中を見せて神殿に消えるカーン。

カーンを追うようにして、今度はエス川から水が流れ出す。広場に薄く水が渡り、重力に逆らって神殿に流れ込んでゆく。

「今度はエスが……っ！　エスの女神がティルドナイ王を追ってゆく……っ！」

周囲はこれ以上ないほど盛り上がり、急に明るくなった篝火が人々を照らす。頭の上に浅くて大きな笊《ざる》を載せた人たちが料理を配り始め、酒が回される。

俺は、ナルアディードでハウロンが猫船長と会った時に、執事が港でやってたことを思い出した。群衆の中で声を上げた人、絶対仕込みいるでしょ？

学習してるから騙《だま》されないんだからな⁉

あとカーン、声に精霊の力を載せてた。大勢がいる広場の隅々《すみずみ》まで不思議と通る声。心に響き、言葉を印象づける。

人々には見えないけれど、ハウロンもカーンも精霊を利用して、今この時を演出していた。

暗い地下の神殿で『王の枝』を持つ者をずっと待ち、人ならざる者に変わっていたカーン。民を失くした王が、今、少ないとはいえ民に祝われている。――騙されないけど、嬉しいし、祝いたい。

「……二足歩行の、王の……枝？」

ソレイユも、遠くを見てないで祝ってあげてください。


いつの間にか、酒の入った大きな甕《かめ》がいくつも据えられていた。そこから杯《さかずき》代わりの小さな――それにしたって顔くらいあるが――甕に酌まれて、回されてゆく。徳利《とっくり》みたいなのを抱えて、別の酒を注いで歩く人たちもいる。

豚の丸焼きが運び込まれ、人々がちぎってバナナの葉みたいなのに載せて持ってゆく。ちぎれるの？　ちょっと不思議に思って覗いてみたら、なんかちぎりやすいように切り込みが入れてあった。いや違うか、火が通るように縦横に切ってるんだなこれ。

しかもなんか赤茶色いというか、辛《から》い匂いがしている。辛いタレにみっちり漬け込まれてから焼いている気配。

よく見ると、料理や酒を配っている人たちに、ソレイユのところの従業員が混じっている。浮かないようにか、こっち風の服装。

ひよこ豆や茄子のペーストが平たいパンに塗《ぬ》られて渡される。スパイスで炒《いた》めた米の上に鳥――鶏にしては小さいので鳩《はと》か何か――のグリルがほぐされ、米と一緒に葉に盛られる。

小さく刻まれた野菜の料理、蒸された魚、果物を積んだ笊、平らな大皿に載せられた蜂蜜《はちみつ》がけのデザート。

肉が好きな人は肉の周りに留《とど》まり、酒が好きな人は甕の周りに。家族や友達と話したい人は食べ物を持ってあちこちで輪を作り、色々な人と交流を持ちたい人は動き回る。

こういう時に、酒食をたくさん振る舞える領主っていい領主なんだっけ？　カーンは王様だけど。

笑い声と明るい顔。嬉しそうに弾《はず》んだ声、希望に満ちた顔。

地の民は広場の石畳《いしだたみ》の模様に夢中なようで、ちょっと周りから見ないことにされている。こんなに人がいっぱいなのに、這《は》いつくばって仔細《しさい》に見て、地の民同士で構造を言い合い、模様の見事さや系統を話している。踏まれそうで怖い。

人がいない時間帯に、満足ゆくまで見せとくべきだったね！

「あれが『王の枝』……。なるほど、人を惹《ひ》きつける。自分の理想と近い『王の枝』を視界に収めると、その国となんの関係もねぇのに、どうしようもなく望郷の思いに駆られるってのはこういうことか。砂漠を船が走りそうだぜ」

目が合った猫船長。

理想……。猫船長の理想って、カーンが王様なこと？　確かに見た目といい性格といい、王様にはなって欲しいよね？　うん。

『王の枝《カーン》』に共感したってことはそうだよね？

「国が興せて本当によかった」

頷《うなず》く俺。

「うん？　なんだ？　少し会話が――」

「キャプテン・ゴート、酒は？」

レッツェが酒の入った、杯代わりの甕を上げて見せる。

「呑む。人間向けの食事で平気だ。このナリだ、量は舐《な》める程度なんだがな」

「嗜好《しこう》ごと猫に変わるってんじゃないんだな」

答えた猫船長の乗る船員に、酒の甕を渡すレッツェ。

レッツェは俺に、猫船長が何を食うのか聞いてきたことがある。その時の話は続きがあって、「猫の内臓になってるならアレだが、違うのかね？　中身が全部猫だってんなら、脳みそも猫にならなきゃおかしい。どうなってんのかね？」と言っていた。

要するにレッツェは、猫船長が酒を呑むことを知っている。これは話題を変えろってことだな？

「あとで猫の体に悪かった！　とかいうオチはない？」

「ねぇから安心しな」

話題変え半分、心配半分で聞いたら、確信してるような答え。なんか知ってる精霊に確認をとったとかか？

猫船長も色々謎だよね。

「ジーン」

「アッシュ」

と、執事。

「おめでとう」

「おめでとう」

祝福を交わして笑い合う。

「……なかなか迫力ある笑顔の嬢《じょう》ちゃんだな」

猫船長が呟く。

イカ耳にしなくて大丈夫ですよ、アッシュが怖いのは顔だけです。今日は特別真面目《まじめ》に祝おうとしてくれて、気合いが入ってるだけです。

元貴族だからか、俺やディーンやクリスたちのように、半分物見遊山《ものみゆさん》の参加とはちょっと違う。俺も含めて全員、カーンにおめでとうっていう気持ちはあるんだけど、アッシュのは少し重々しいおめでとうだ。

あと、最近は怖い顔をしてもちゃんと女性に見えます。

「ふんじゃ、またあとで。タダ酒だ、こいつらにもたっぷり飲ませねぇとな」

そう言って、酒と料理のある方に移動していく猫船長と船員さんたち。

「猫船長に今日くらい夢を見させてやれ」

見送りながらレッツェ。

砂漠を帆船《はんせん》で走る夢？

「あれ？」

ハウロンの精霊、ファンドールが飛んできて、俺の袖《そで》を引く。一緒に来た一反木綿《いったんもめん》はアッシュと執事の周りをぐるぐるしている。新体操のリボンにしては太い。

俺を引っ張ったり、レッツェを引っ張ったり、ファンドールも忙しい。

「お呼びのようですな」

執事が言う。

「神殿の中に重量級の神々が3体いるんだ、そりゃ困るだろうよ」

そういうわけで、精霊に案内されて裏口から神殿へ。正面から入ったら、誰かついてきちゃいそうだしね。というか、1人入ったら、全員雪崩《なだ》れ込みそう。

裏口の通路でディノッソたちとも合流。

ハウロンに呼ばれたのは、カヌムの面々。

ちなみにシヴァにもお誘いがあったようだが、子供たちが珍しいご飯と風俗――エッチな意味じゃないぞ――に大盛り上がりなので、ハウロンの頼みはスルーとのこと。家族代表でディノッソのみ。

「まだ酒に口つけたばっかなのに」

ディーンが愚痴《ぐち》りつつ先に進む。

こっちに来る前、カヌムではお茶で我慢《がまん》してたもんね。

神殿の正面の方からは、楽しそうな笑い声や、陽気な声が遠く響いてくる。

外で飲み食いしてる人も全部入っちゃったら、「騒がしすぎる！」って確実に言われる。先にわんわんとアサスに希望を聞いて、外での宴会に落ち着いたんだし。

気づかれないようにね！

裏口から神殿の広間に見える通路に出ると、中を流れる水に松明と篝火の炎が映って、なかなか綺麗。

天井は高く、黒々として大部分は見えない。けれど、屋根に開口部がいくつかあって、そこだけ月明かりで照らされている。昼間は気づかなかったけど、白っぽい金色に瞬《またた》く光がいっぱい。

天井に穴があるのに、建物の中のここまで来ると、不思議と外の音は聞こえない。

「美しいね……っ！」

クリスがゆっくりとあたりを見回して言う。

「天井に精霊月石《せいれいげっせき》を使ってるのか。贅沢《ぜいたく》だな」

上を見上げてため息を吐《つ》くようにディノッツソ。

「精霊月石？」

「精霊金の親戚だ。月石っていう、灰色の石が精霊に好かれやすくって、精霊の力が染みると
ああして月光を浴びて輝くんだよ。こっちの大陸では割と出るらしいが、中原では精霊銀と精
霊金の間くらいの値段だな」

ディノッツソが教えてくれる。

指輪程度の量ですごく高いんだっけ？　精霊金。精霊関係は、俺の中で価値観がよくわから
なくなってるんだけど。

でもなるほど、昼間は灰色か。だから気づかなかったんだな。

「火の時代は月や星の神が人気だったらしいからな」

レッツェが天井を見上げて言う。

「あれは星のモチーフ？　だったらいっそ、天井とっ払っちゃった方がよくない？」

あんまり雨降らないし、降っても乾燥してるからカビるってこともなく、すぐ乾くし。いっそオープンでいいのでは？

「砂漠《ここ》は星空綺麗だもんな。偽物《にせもの》を飾るくらいなら本物見てた方がいいよな」

ディーンが同意してくれる。

「それでは昼間に難儀するのではないか？」

首を傾げるアッシュ。

「「ああ、確かに」」

ディーンと俺、２人とも納得する。

燦々《さんさん》と降り注ぐ砂漠の太陽、日陰じゃないと死ぬ。

「アッシュ様……」

執事が残念そうに声を漏らす。

「お前ら、ソレイユ嬢が泣くぞ」

呆《あき》れたようなレッツェ。

「自然から成るものも、人の手によって成されたものも、美しいものはただ美しいのだよ！」

うっとりとしたクリス。

すみません、情緒がどこかにお出かけ中でした。

「……行くか」

ファンドールたちが先を促すので、しぶしぶ足を進めるディノッツソ。

「わざわざ俺に、精霊の姿が見えるような調整までしてきたんだ。よほどの大事というか、なんかやらかされてるんだろうな」

続くレッツェ。

ちなみにレッツェには、姿をそのまま見せるのではなくって、幻影《げんえい》を重ねて見せてる、が正しいみたい？　ファンドールがいるところに幻影もある感じ。たぶん幻影は、レッツェ以外には見えてない。

さては調整がめんどくさかったんだな、大賢者。

広間の突き当たりにある短い段を登った先の、石でできた大きな扉の前まで来た。階段を遡《さかのぼ》って水が流れ、扉の隙間《すきま》から中に流れ込んでいく。

「おい、これ。中で溺《おぼ》れてるとかねぇよな？」

ディノッツソが聞いてくる。

「えっ!?　大丈夫なのかい!?」

クリスが慌てる。

「ハウロン殿の精霊たちがこうしておりますし、それは大丈夫でしょう。胸まで浸かっているやもしれませんが」

不穏なことを言う執事。

「とりあえず開けるぞ！」

ディノッソが扉に手をかけ、扉を開く。——開こうとする。

ゆっくり少しずつ開いていく扉。なにせでっかいので、たぶんディノッソやハウロン、カーンあたりじゃないと開けないと思う。

「水、水は溜まってはいないようだね？　いや、10センチくらい水が見えるよ!?　なんでこっちに流れないんだい!?」

「そもそも階段を遡るくらいだしな」

隙間から中を覗いたクリスが慌てかけるのに、レッツェが冷静に突っ込む。

うん、なんかそこにガラスでも嵌まってるみたいにして、部屋の中に水が溜まってチャポチャポ言ってるな。

「ディノッソ様、どうやらそれは自動で開くようです」

と、執事が言った途端に扉が開いて、力を込めていたディノッソと、手伝ってたディーンがたたらを踏んで、部屋の中によろめき入る。

扉の脇にある聖火台みたいなのに火を灯して、びっくり顔をしているファンドール。

「どういう仕組みだろう？」

「精霊関係にしちゃ、音がしたな」

「ふんふん？　火の精霊の力と水と空気、滑車《かっしゃ》と重り？」

「どんな機構だ？」

レッツェと俺は、興味津々でファンドールに質問を始める。

「おふたりとも。中に入りたくないのはわかりますが、諦めてください」

執事に諫《いさ》められる。

だって、中からエスの声と、アサスの悲鳴に似た大声が聞こえるんです。あとハウロンのなんか弁解。

話の断片から察するに、ベイリスとシャヒラたち3人を、アサスが讃えて挨拶代わりに口説《くど》き始めたところで、エスが来た、みたいな……。

そうね、カーンを水が追ってゆくっぽい演出、かっこよかったけど、神殿の入場そんな順番だったよね。

なんか、カーンと初めて会った時も、俺は『精霊灯』に夢中になって待たせたっけ。懐かしい——。

「だから我の好みは女だ！」

ガタガタ言ってるアサス。

「女となればどのような形《なり》をしていても構わぬのですね。ほんに節操《せっそう》のない……。どうしてくれましょう」

怖い顔をして笑うエスと、アサスを締《し》め上げている水。

締め上げてるといっても、アサスは柱なんで、単に持ち上げられているだけな気もする。あと、エスの話し方が、アサス相手だとしおらしく（？）なることが多いのも怖い。言葉はしおらしいのにぐいぐいに追い詰めるのがヤンデレっぽくって。

部屋の中は当然のように水浸《みずびた》しというか、くるぶしの上まで水が溜まっている。水盆に飾られた花が、もうすぐ水に攫《さら》われて縁《ふち》から流れ出しそう。

松明も篝火も高い位置に据えられているので、火の方は平気。わんわんハウスも台座の上に据えられているので平気。

黄金の果物と野菜は器に載ってるけど、これは水に浸かって冷えた方が美味しく食べられるような気もする。

わんわんは嬉しそうにエスに寄っていっている。相変わらず水に濡《ぬ》れることを気にしないわんわんだな。

「エス様、決してそのようなことでは……」

ハウロンがオロオロと神々を宥《なだ》めている。

ハウロンは、カーンが主役になるように今日は姿を見せず、神殿でカーンを迎え入れるみたいな段取りだったはず。

今の時代、カーンより名前が売れてるからね、ハウロン。大賢者。

でも今日の演出とカーンの押し出しのよさで、見た人にはカーンの印象の方が強くなったはず。ハウロン、普段からカーンに仕えてるっていう姿勢を崩さないし。

そのカーンは神々から少し離れた入り口付近で、なんか額《ひたい》を押さえてお疲れの様子。モテる男は、少し悩め。

でも、贈る相手は男だけど、恋人の精霊――つまり女性の精霊が周囲にいるのはエスに確認済みなんだけどな。封印してあるから構わないって言ってたのに。

アサスは柱に封印され、両断されている。エスが持ち帰ったのは上――上半身。俺に好きにしていいって置いてったのは下――下半身。

アサスは特性的に、寸断されてもそれぞれアサスの姿をとることができるっぽいんだけど、封印されているので下半身は柱のまま。結果、柱の上に精霊アサスの上半身が出る。

ただ半身全てを滅多《めった》に出さず、顔だけ柱から出してるんだけど。エスが持ち帰った上半身には足が生える。それでいいの、神々？　顔だけもヤダけど。

いや、どこに持ち帰ったのか知らないけど、そこで封印を緩《ゆる》めればちゃんと完全体（？）になるのかな？　深く考えちゃいけないね。

「うわ、修羅場《しゅらば》」

「神々も恋に焼かれる心は同じなのだね……」

ドン引きのディーンと、いつでも詩的なクリス。

「麗《うるわ》しきエスよ、女ならば髭《ひげ》でもなんでもいい愚《おろ》かな兄は見限り、我にせよ！　我は一筋ぞ！」

わんわんが耳をピンと立ててエスに言う。

「髭……？」

レッツェの眉間に困惑の皺。

「わんわんもそばにいて2人きりではなかったとはいえ、わんわんが愛《いと》しいアナタの浮気を止めるのは、最初の言葉だけだと知っているの」

にっこり笑って柱をみしみし言わす。

「誤解だー！！！　我は女好き！　上半身を出しておったのは、ここに入ってきた王に祝福を授《さず》けるつもりで……っ！」

アサスが叫ぶ。

「女がそばにいれば、封印がキツくなる。だからといって、男を女に見立てるなんて……」

エスが怖い顔で笑っている。

普段の柱から顔を出してるスタイルじゃなく、カーンに先んじて神殿に入り、あとから来るカーンに祝福を与えるために格好をつけて、アサスが上半身を出してたってことでいい？　のかな？

「見立てる……？」

隣で困惑気味のディノッソ。

「自分は確かに言葉が女性的になることもありますが、それはアサス様には全く関係がございません！！！！！　恐れ多い！！！！　それに精霊は恋愛対象に入りません！！！！」

ハウロンが全力で叫ぶ。

「……恋愛対象？」

「どうやら女神エスは、ハウロン殿と豊穣神アサスとの仲を疑っているようだ」

俺の呟きに、アッシュが言う。

「アサス様の守備範囲外だと思いますが……」

争う神々を通り越して、遠いところを見ている執事が呟く。

「……」

沈黙が落ちる。

どうしたらいいのこれ？　アサスは女性ならなんでもいいって守備範囲広い感じだけど、エスの考えるアサスの方がさらに守備範囲広いな？

アサスが気合を入れて上半身出してて、そこにハウロンがいて、入ってきたカーンとエスがそれを目撃。シャヒラとベイリスはカーンと一緒だから今回は疑惑の範囲外——そこはハウロンも範囲外にしてあげて欲しかった。

いや、オネエだし、女性扱いが正しいの？

浮気相手じゃなくって、アサスに怒りを向けるのはエスのいいところだと思うけど、ちょっと束縛がすごいというか被害妄想《ひがいもうそう》があるっぽい？

元々の性格なのか、アサスの今までの所業がそうさせるのか。

考えてたらファンドールが俺の袖を引っ張ってきた。一反木綿はオロオロしてる。他の2体もやっぱりオロオロ。

「えー。エス？　アサスの言う通り、女性（？）に対してじゃなく、儀式っぽいものの途中なんで格好つけてるだけだと思うぞ。あとハウロンはカーン一筋だから誤解だ」

仕方なく仲裁《ちゅうさい》しようとする俺。

「ちょっと言い方！　あくまでティルドナイ王に仕える者としての敬愛よ！」

抗議してくるハウロン。

「やはり我のアサスを……」

「だから違う！！！！」

アサスを締め上げるエス。

どうしたらいいのこれ、俺に恋愛の仲裁を期待しないで欲しい。

「カオスすぎねぇ？」

ディーン、そう思うなら収めるの手伝って……！

「俺には難易度が高いです、先生」

ハウロンが視線で助けを求めてくる。

だがしかし、俺はノープラン！

「先生って誰？」

隣のディノッソが突っ込んでくる。

「この場合は恋愛経験が豊富な人？」

ディーンだろうか？　いや妻帯者のディノッソなんでは？

「俺は夫婦円満なんで修羅場なんかない」

顔を見たら嫌そうな声で言われた。

「王狼《おうろう》の場合は、どちらかといえばシヴァを追いかけていた側でございますしね」

「いらん情報を挟むな！」

執事に抗議するディノッソ。

「か弱い人の身に神々の仲裁は荷が重いよ。３人の女神の美の争いを決着に導いた結果、国同士の戦争になった神話も伝わっているからね」

クリスが困った顔をする。

「３人のうち最も美しいと思った女神に、人間の男が黄金のリンゴを捧げることになった話だな」

ギリシア神話のパリスの審判《しんぱん》とよく似た話だけれど、そこに浮いている黄金のリンゴを見ながら言うのやめてください、アッシュ。

「なんとかしてちょうだい。アナタあの３人と契約してるんでしょう？」

じりじり移動して、回り込んできたハウロンが言う。

「そういう意味でなら止められるけど、強権で止めてもわだかまりが残って、燻《くすぶ》るだけじゃない？」

「だろうな。あとで爆発する方が怖いんじゃね？」

ディーンが同意してくれた。

「夫婦喧嘩《げんか》は犬も食わねぇ。2人っきりにしときゃ、収まるところに収まるだろうよ」

レッツェが言う。

「なるほど」

わんわん回収しろってことだな？

「わんわん！　ドラゴンの骨あげるから、ちょっとこっちで食べよう」

「む、今わんわんは忙しいのだが」

わんわんを呼ぶ俺。

「……骨で釣るの……」

ハウロンがさっきまでとはまた別な弱り方をしている。

「そこは水浸しだし、俺たちはこっちでご飯食べるんだけど、一緒は嫌か？」

「む……。ジーンのそばは好きぞ」

エスの方を気にしながら、こっちに来るわんわん。

【収納】からタオルを出して、水に濡れたわんわんの足やら腹やらを拭《ふ》く俺。カーンも足取り重く、中から出てくる。

「……精霊を拭くのよね」

ハウロンがまた呟いてる。

「旦那《だんな》、扉頼む」

「この火を消しゃいいのか？」

エスとアサスを残して奥の部屋から出ると、レッツェが扉を閉めるよう頼む。

ディノッソがそばにあった、でかい柄杓《ひしゃく》みたいなのを火に被せて消火すると、扉がゆっくり閉まり始めた。

「そういえば」

「何？」

俺を見てくるレッツェに聞き返す。

「アサスに女が好きなのか、増える方が好きなのか、扉が閉まる前に聞いとけ」

「増える？　――えーと。アサス、アサスが好きなのは女の人？　増える方？」

意味がわからないまま、レッツェの言う通りに問いかける。

「我は豊穣の神、増える方に決まっておろう！　我は愛を振り撒き、受け入れた相手が増えることを無上の喜びとする！」

アサスがエスにぎりぎりと締め上げられながら、やけくそのように怒鳴《どな》り返してきた。

増える方なんだ⁉

「アタシは増えないわよ!?」

ハウロンが目を剥く。

いや、俺に言われても。

「当たり前だ！　我が増やすのは穀物《こくもつ》、緑、果実、木々、美しい女性たちだけだ！　増えぬ相手、唯一の例外は我の愛した我が妻エスのみ！」

扉が閉まる前、エスの赤くなった顔が見えた気がした。

「増えるというと、もしかしてダンゴムシとかもストライクゾーンなんだろうか……？」

「いや、植物だけだろ。『豊穣』の神なんだから」

半眼でレッツェが言う。

それを言ったら穀物だけじゃないの？　豊穣。五穀《ごこく》豊穣とか、穀物が実り豊かなことだよね？　近い言葉に【言語】さんが頑張ってるだけ？

微妙な気分になりながら、アサスの浮気性《うわきしょう》は解決しないけど、エスの表情からしてなんか解決はするんだろうなとも思いつつ、約束通りわんわんにドラゴンの骨を渡す。

ちゃんとわんわんの好み通り、肉が少しこびりついたやつ。ちなみにリシュは綺麗に洗って乾かしたやつの方が好きなんだけど、食べるというよりは齧る感触が好きなのかな？　地の民にもらった綱の次くらいには気に入ってる。

「おお！　この骨は食べでがあって好きぞ！」

わんわんが隣で骨を齧り始める。

「みんなも宴会料理食べ損ねたろうし、ここで宴会にしようか」

できたばかりの神殿内部であれだけど、綺麗に片付けられるので。

大きな絨毯《じゅうたん》を出す俺。

「へへ、食う、食う！」

ディーンが笑いながらどかりと床に座る。

「そうね、しばらく開けられないし。かといって、このまま外に出るのも微妙だし。お願いできるかしら。――ティルドナイ王、このたびはご迷惑をおかけいたしました」

カーンに向き直って、口調を変えて頭を下げるハウロン。

「いや、神々に巻き込まれるのは天災《てんさい》のようなものだ。人の身である以上はどうすることもできん。従って謝罪は不要だ」

カーンが重々しく言う。

あの夫婦喧嘩を。ものは言いようだな？

スズキの香草焼きをバナナの葉を敷いたお皿にどん。

ドラゴン肉の塊《かたまり》をどん！

かなり分厚い肉を、精霊の力を借りてミディアムレアくらいに焼いたんだけど、外には豚の丸焼きがあったからちょっとインパクトに欠けるかな？　さすがにティーボーンステーキにするには元がデカすぎるんで諦めたけど、チャレンジしてみればよかった。

お祝い料理って華やかさとインパクトももちろんだけど、分け合えると盛り上がる印象がある。

あとは酒を飲みながらつまみやすい料理。野菜と海老《えび》を巻いた生春巻き《なまはるまき》、サンドイッチ各種、小さな丸いタルトをたくさん花のように盛って。

酒は混ぜものなしの赤ワイン。いや、こっちに来てからワインの大半にスパイスやら何やら入ってたので。外でもソレイユの持ち込んだ有名なワインが樽《たる》で振る舞われている。俺の酒も出したし、地の民が混じっててもたぶん足りなくなるってことはないはず。

「さてじゃあ」

俺の声に全員がグラスを構える。

「待つがよい。我と我が最愛の参加がまだだ、中に来よ」

扉から顔を出すエス。

もちろん扉は開いてない、変な出方《でかた》しないでください。食事を広げて、今まさに乾杯というところでエスからストップが。

エスはわんわんを見るとすぐに中に引っ込む。それを見たわんわんが、俺に骨を託《たく》し、あとを追って開いていない扉の中に入る。分厚い扉を透過《とうか》していくだなんて――

「わんわん、精霊だったんだな……」

「ずっと精霊でございました」

呟いたら、執事が被せてきた。

「うむ。犬は喋《しゃべ》らぬぞ、ジーン」

アッシュが言う。

「確かに」

リシュは喋らないもんな。

「ジーンがすごく嫌な結論に至った気がするのだけれど……」

ハウロンが小さな声で言う。

「あんまりジーンの思考を予測するな。今日は祝いで、まだこれからだぞ」

レッツェがハウロンに向かって言う。

どういう意味ですか！

「……」

カーンが立ち上がったので、全員がそれに続く。

一旦《いったん》全部【収納】して、部屋の中に改めて入ることに。ハウロンの精霊が聖火台みたいなものをくるりと回ると、火が勢いよく燃え上がる。

ゆっくり開く扉の正面には、椅子に腰掛けて輝くエス。傍《かたわ》らにアサス——ちゃんと下半身がある。反対側には——誰だ？　あ、わんわんの人型か！

そしてピンクのコブラとライムグリーンのワニ。ネネトとスコス、夫婦喧嘩が終わるまで隠れてたな？　あと知らない精霊がいます。大抵顔が動物だったり、動物や植物が頭に張りついてたり。

このあたりは古い神々が多いみたいだし、元はエス川の周辺にいた植物や動物の精霊が、長い年月で力を持った感じなのかな？

『我が愛しき夫のいる地、我が主《あるじ》たる者の心がある地に、我と我が眷属より祝福を与えよう。水は枯れることなくこの地を潤《うるお》すだろう』

『木々は葉を揺らし、草花は増え、実は色づく豊穣をもたらすだろう』

『外敵は砂の風に阻《はば》まれ、剣に貫《つらぬ》かれ、ことごとく砂漠に倒れるだろう』

エス、アサス、わんわんが言葉を紡《つむ》ぐと、その体から『細かいの』が広がって、柱に、床に、壁に、天井に消えてゆく。

『祝福を』


ネネトたちが一斉に声を上げると、同じように『細かいの』が散ってゆく。

「お礼申し上げる。我と民草《たみくさ》は精霊と共に在《あ》り、日々花を捧げること、約束を」

カーンが進み出て、首《こうべ》を垂《た》れる。

「ふふ、そなたもその気になれば、我らを取り込めるのではないか？」

「……滅相《めっそう》もない。母なるエスを支配するなど。己《おのれ》の記憶が邪魔をするのもあるが、俺はコレほど懐《ふところ》が広くない。把握せんままでは身のうちに入れられんし、あなた方を把握できるとも思わぬ」

少し砕けたエスのもの言いに、カーンが答える。

俺も積極的に取り込んだ覚えはないんですよ……？　あと、支配する気もないし、把握もしてない。

エスのゴリ押しで契約した上、名前を預けていれば他に——勇者に支配されることもなく、ついでに何かあった時に復活できるからって。なんか名前を書いたパピルスをひらひらされた感じです。

俺の契約方法は名付けが主で、あの覚書《おぼえがき》のメモが、効力はとても弱いけど契約書代わりっぽい。別になくても契約してることに変わりはないんだけど、あると精霊側が安定するらしい。不安定な存在だと、契約主の俺と同化しちゃうんだってさ。

あの番号にそんな効果があるなんて、神々に聞くまで知らなかったんだけど。

精霊が自分で名前を書くのって、力の一部を預けることになるそうで、本体に何か起きてもバックアップがあるみたいな感じになるらしい。もちろん弱りはするけど、力を集めれば元に戻るって。

初耳だったんですけど。

「では宴会だの！　先ほどの料理、我らの分もあるのだろう？」

エスが期待に満ちた目でこちらを見る。

「ああ——」

返事をしてあたりを見回す。

まだ床にエスが荒《あら》ぶった跡なのか、うっすら水があるんですけど。絨毯どこに敷けばいいいんだこれ。

『ちょっと失礼、水滴の精霊も、濡れた床の精霊も、全部溝の方に引いてくれるかな？　絨毯敷きたいんだ』

『はーい』

『わかった～』

魔力を少しだけ、それでも満遍なく渡すと、床の水が引いてゆき、そしてあっという間に乾いた。

「本体たる我がここにいるというのに、我が分身にして眷属どもはそなたの言うことを聞くのじゃな。というか、そなたも我に言えばよい」

エスが興味深そうに言う。

そんなことしたら、ハウロンが宴会前に倒れるじゃないですか。


宴会である。

さっきの料理をもう1回出して、人数が増えたのでさらに追加する。エス川流域で採れたもので作った料理という条件がね。

エス、ネネトとスコスは来るんじゃないかと思ってたし、多めに作ってはいるんだけど、さすがに見知らぬ神クラスの精霊たちの参加は想定してなかった。飛び入りにしても、小さい精霊が周りを飛び回ってるとか、そんなイメージだったんだけど。

葡萄の若葉でピラフを巻いたやつ、干しそら豆と玉ねぎにハーブを混ぜてすり潰して、衣《ころも》なしで揚げたもの。茄子のマリネ、スライスした各種野菜、レンズ豆のスープ。

メインに白身魚《パーチ》のグリル。鶏――本当は鳩で作るんだけど、日本で見慣れた鳥すぎて、自分で作るのはなんとなく抵抗があった――にハーブとスパイスで味付けした詰めものをして、柔らかく煮込んだ料理。牛のステーキ。

見た目は皮の厚い揚げ餃子《ぎょうざ》みたいなお菓子。パンケーキのような生地《きじ》に、ナッツやココナッツ、クリームを包んで揚げて、さらに甘いシロップに浸したやつ。これでもかってほど甘くって、ちょっと出すのに躊躇《ためら》うほどだけど、エス周辺では人気のお菓子。

野菜を細かく刻んだ料理。エスは薪《まき》になるようなものが少ないせいか、火が早く通る料理が多くて、さらにペーストにしたり。で、平たいパンを半分とか4分の1にしたものに、詰めたりつけたりして食べるのが庶民《しょみん》の味。

あれです、作ってはみたものの、自分ではちょっと食べない料理も大放出です。俺、スパイスもハーブもそんなにいらないし、こっちの菓子は甘すぎるんですよ！！！

こっちで働く人の、体調とか気候には合った食べ物なのだろうけど。いや、その前に精霊だしね。塩をそのまま食べるのに比べたら、ちゃんと料理な分だけ健康的なんでよしとする！

とりあえず人間組にも、あまり甘くないスモークサーモンとチーズのマフィン、洋梨《ようなし》のキャラメルマフィン、肉料理を追加。

そして俺が食べたくなった麻婆豆腐《まーぼーどうふ》を混入。カレーともどもスパイシーな食べ物ですよ！

「器用なものよの」

「食い物からエスの香りがする……」

アサス、言い方！！！

「わんわんも今日は骨でなく、肉でもなく、料理を食べるぞ」

キツめの顔した美青年に、わんわんって言われると微妙な気分になる。

エスたちみたいに我とか言ってくれていいんだぞ？　というか、こんな長い時間でも人型をとれたんだな。ごめんね、骨なんか出して。

「建国おめでとう！」

周囲の精霊たちも落ち着かない雰囲気で、お祝いより先に食べ始めそうだったので慌ててグラスを持ち上げる。

「おめでとう！」

「おめでとう！」

「寿ぎを！　だね！」

「お祝い申し上げる」

「おめでとうございます」

「おめでとう」

「ほほ、改めて言葉で祝福しよう」

「祝福を」

「祝福を」

「めでたや」

「めでたいのう」

エスの言葉にアサスとわんわんが続き、次々に神々が祝いをする。それは言葉だったり、音だったり、光だったりするんだけど、みんなお祝いしてくれてる様子はなんとなく伝わってくる。

グラスを上げ、祝いの酒を飲む。

「感謝する。想定よりも早く、そしてつつがなくこの日を迎えることができた。——国の10人に1人が神というような状態で、この日を迎えるとは思わなかったが」

さっさと食べ始めた神々を窺《うかが》いながら、カーンが言う。

「……」

ハウロンは笑顔を張りつけて、神々にお酌《しゃく》をして回っている。

エス川のあたりでピクニックというか、エスたちと食べた時もハウロンはお酌してた気がする。放っといても自分で飲むと思うけど、まあ、顔繋ぎ的なものなのだろう。

面白がって真似をして、ハウロンのあとをお酌しながらついて歩いてる精霊がいるけど、気づいてないっぽい。

「なんつーか、神クラスの精霊に後ろをぞろぞろされるってどういう気分なんだろうな……」

ディノッソがハウロンを眺めながらワインを飲む。

「全力で見ないふりをされておりますな」

目を細めてハウロンを見る執事。

「こっちも不思議現象が起こってるよ！　すごいね！」

「なんか耳元で綺麗な音楽が聞こえる！　すげー!!」

クリスとディーンが喜んでいる。

不思議現象は、人には見えないタイプの精霊が酒器《しゅき》を取り、酒を注ぎ、上から料理を囲み、次々に食べているから。

クリスから見ると、空中でグラスが踊《おど》って、食べ物が浮かんだと思ったら消えてく感じ？

ディーンの言う音楽は、人の言語ではない精霊たちの歌だろう。

「ノートも見ないふりをしてるんだと思うぜ？」

はしゃいでいるクリスとディーンに、レッツェがボソリと言う。

「美しくも、祝いにふさわしい陽気な光景ではないか？　見ずに済ますのはもったいない」

アッシュがゆっくりとグラスを傾け、微《かす》かな笑顔を浮かべる。

怖い顔じゃなくってちゃんと笑顔。いいもの見た。

ゆらめく水が篝火を柔らかく映している。食事をしない小さな精霊たちが、ソレイユの用意した水に浮かぶ花と戯《たわむ》れ、潜《もぐ》り、水面で遊ぶ淡《あわ》い光が見える。

困ったような顔をしながらハウロンも機嫌はよさそうだし、カーンも黙ってワインを飲んでるけど口角《こうかく》は上がってる。

お祝いっていいね。

◆◇◆◇◆

カーンの国の、建国のお祭りから数日。

あの時初めて会った神々が帰るタイミングで、俺の魔力が持っていかれて契約状態になったとか、わんわんが俺に預けた骨を所望して、ハウスにハウスしたとか、エスの水が神殿に流れっぱなしで、もう帰る気はなさそうなこととか。猫船長が猫のふりして侵入してきたり、子供たちを連れてディノッソを迎えに来たシヴァをナンパしようとしてアサスが締められたり、黄金の野菜と果物に気づいて駆け込んできたソレイユをナンパしようとしてアサスが締められたり、ソレイユの後ろに控《ひか》えていたファラミアを見ただけでまだ何もしていないアサスが締められたり、色々あった。

うん、色々あった。

――アッシュにも声かけてもよかったんじゃない？　いや、よくないけど。

祭りのあとは数日だらだら過ごし、畑と山の手入れに勤《いそ》しんだ。なんか俺じゃなくってカーンの目標だったけど、一区切りついたって気が抜けた感じ。

国を造って終わりじゃなくって、これからも大変だろうけど、初めてやる王様稼業《かぎょう》じゃないし、ハウロンもいるし大丈夫。カヌムに来ることは減るだろうから寂しいけど。

とか思ってたら、ハウロンからお誘いがあった。

「旅人の石を、国民の守り石にしようと思っているのよ。それと特産品ね」

カヌムの貸家、いつもの席でハウロンが言う。

「透明なやつ？　青いやつ？」

「エシャが持っていた青いやつよ。旅人の石が精霊を呼んで、その導きで祖国に帰れたって、すでに国民に話が広がってるわ」

いつの間にか精霊にされてる!?　まあ、エシャの住む山の中を訪ねた時、かなり怪《あや》しい風貌《ふうぼう》だったことは認めるけど。怪しい風貌というか、歩いてきたにしては綺麗な格好というか。

「採れる場所はティルドナイ王がご存知だったの。今から下見に行くから、暇《ひま》だったら一緒にどうかと思って。旅人の石について、調べているのでしょう？」

「調べてるってほどじゃないけど、行く、行く」

そういうことになって、再びの竜の大陸。カーンの国からさらに南東。

「……ジャングル通るの？」

嫌なんですけど。

「その手前ね」

よかった。

ハウロンの魔法の絨毯で、夜の砂漠を移動中。高いところにある小さな月が、あたりを白く照らしてる。風はあるが微風で、砂を巻き上げることなく風紋《ふうもん》を刻んでゆく。

「呼べば白い巨人が現れて、高速移動してくれそう」

「もうちょっと雰囲気のあること言えないの？　何よ、高速移動って」

別にゆっくりな移動に文句があるわけじゃないのだけど、ついジェットスキーみたいに移動する精霊を思い出した。

採掘人を連れて来る時は、なるべくエス川に沿って移動することになるんだろうけど、カーンの国から砂漠を最短に斜め移動中。絨毯の上にはお菓子とお茶。

「そういえば、大きな絨毯の修理はダメそう？」

絨毯が２人乗りなんで、ハウロンと２人だ。

ハウロンは水煙草《みずたばこ》を吸いながら座っているし、俺も足を絨毯の外にぶらぶらさせて寝転がりながら月を見ている。狭いとはいえ、詰めればあと2、３人座れるけど重さがダメ。

今乗ってるものの他に、大人数用の空飛ぶ絨毯もあったけど、焦げちゃったって聞いた。

「ダメねぇ。今の人たちって魔力も根気も少なくって、魔力を込めながら細密な模様を織り出すってことが難しいのよ。腕だけなら、この絨毯を織り上げた者の後継者がいるんだけれど」

魔力もないし精霊が見えないのよねぇ、とハウロン。

他愛《たわい》ない話をしながら鉱山に向かう。たぶん、今までずっと忙しかったハウロンの短い休憩時間。

カーンもそのつもりで送り出したんじゃないかと思うので、場所を知らないことを理由に

【転移】は使わず、絨毯に同乗している。

菓子をつまんだり、ボードゲームをしたり、月を眺めたり。何も考えずのんびり絨毯に任せて夜の砂漠を行く。

砂の砂漠が終わり、ひび割れた地面の砂漠に変わる。そのうち丈の低い細い木々も見えてきて、だんだん密生《みっせい》し始めた。ジャングルよりはちゃんと幹も枝も張っている。

鉱山って言うから岩山を想像してた。山って高いじゃん？　着いたところはなんか低いというか、台地？　山なの？　平らじゃないから山？　遠くに高い山は見えるけど、ここはそう高くない。

そして日本のように木が生い茂ってないせいか、いまいち山って感じがしない。

「ここみたいね」

そして地面に空いた穴。

横じゃない、縦穴《たてあな》。壁は岩、どうもこの山全体が岩のようで、大きな木々が生えていない理由も岩の上にある土がとても薄いからのようだ。これじゃ根は張れない。

どうやって掘ったんだろう？　と一瞬思ったけど、魔法もあれば精霊もいる世界だった。狭い穴は底が見えない、雨が降ったら水で埋まりそうだし、岩山とはいえ地震が来たら崩れそう。

こっちは雨も地震もほとんどないけど。

ライトの魔法を1つ落としたあと、ハウロンが一反木綿に支えられながら宙に浮いて、ゆっくり降りてゆく。【転移】を持ってなかったら入らなかったなあ、と思いつつ、ハウロンのあとに続く俺。

ハウロンの周囲には精霊が4体いる。

華やかな花弁《かべん》みたいな髪を持つ火の精霊、名前はファンドール。活発で少し悪戯《いたずら》好き、好奇心旺盛《おうせい》。

青い衣は、深い森にある青い泉の精霊、名前はトリス。声も音も持たない、静かな精霊。

赤い帽子に土色の肌を持つ小人は、大地の精霊、名前はツォルキオン。地中にある財宝を見つけ出したり、溜め込んだりすることが大好き。

風にそよぎ風に乗る、布の姿をした精霊、名前はエギマ。どう見ても一反木綿だけどね。割と強い精霊なんだけど、性格なのか、ファンドールに踏まれながらもよく働いている。

状況に応じて、周囲の精霊と一時的な契約をすることもあるし、小さいのをもっと使役《しえき》しているけど、ずっとそばにいるのはこの4体。

今もファンドールは先行して周囲を探っているし、一反木綿はハウロンに半分巻きついて、鉱山の穴をゆっくり落ちている。

「梯子《はしご》はかけるしかないけれど、傷んだ空気は入ってないようね」

ハウロンが言う。

傷んだ空気って、有毒ガスとか二酸化炭素とかそんなの？　その辺はファンドールが見てるのかな？　カナリアじゃなくってよかった。

底に着くと今度は横穴。飛び跳ねるようにして、ツォルキオンがキョロキョロとあたりを見ながら進む。

「使われなくなった鉱山って、もう石がないんじゃないの？」

採れるなら稼働してる気がするんだけど。

「ここは一度、季節外れの、それも大嵐で水没したらしいのよ」

「あー」

完全に地面に空いた穴だもんね。

「採掘が期待できるなら、水が入らないように囲って屋根をかけることにするわ」

「それがいいと思います」

穴に入ってる間にどばんと水没なんて嫌だ。

「なんで石が積んであるの？　わざとだよね？」

ここに来るまでの間、いくつかの枝道が石を積んで半分塞《ふさ》がれていた。

「掘っても出なかった方とか、もう掘り尽くしてしまった方の通路ね。積んであればわざわざ行かないでしょ、迷子防止よ」

「なるほど」

わざわざ迷子になるような道、そのままにはしておかないよね。

俺たちにはライトがあるけど、カンテラとかのもっと暗い状態で採掘してたかもしれないし。しかもなかなか暑くて、快適とはほど遠い。穴の圧迫感もあるし、崩れたらどうしようもあるし、肉体的にも精神的にも過酷《かこく》だ。俺とハウロンは精霊にお願いしてずるしてるから平気だけど。

行き止まりらしい壁の手前で、ツォルキオンが小躍《こおど》りしている。

「見つけたみたいね」

ハウロンが言う。

近づいて目を凝《こ》らすと、石壁の一部の色が違うような、そうでないような？　ちょっと石の肌質《はだしつ》が違うのかな？

「石の精霊の通り道ね。この通り道の中に宝石があるの。だから最初はこの道を見つけるのよ」

ハウロンがそう言いながら、指でその道をなぞる。

赤い帽子のツォルキオンが、出番とばかりに小さなツルハシを持って、岩壁を崩す。他のところより柔らかいのかな？

『大昔に道ができたのよ〜』

『ごごごごって揺れたのよ〜』

『道ができたから下から来てみたのよ〜』


断層とか褶曲《しゅうきょく》でできた隙間に、もっと深いところから他の物質が流れ込んできた感じ？

「あらこれ、旅人の石じゃないわね。青いけど——青玉《サファイア》かしら？」

ツォルキオンが掘り出したものから付着物を払い、ライトに透かすハウロン。

「どれどれ」

ずるして【鑑定《かんてい》】しよう、宝石といえば【鑑定】だよね。

鑑定結果：ゾイサイト

「……」

【鑑定】したからといって、なんなのかわかるわけじゃないんだな。困る。

「綺麗だし、いいのでは？」

「そうね、目的のものではないけど。いいわね、あとで調べましょう」

そしてまた坑道内をうろうろ。旅人の石、どこ⁉

で、結局新しく掘りました。ツォルキオンがこっちだと言う方に向かって、ついでにここの地の精霊にもナビを頼んで。


『はい、お願いします。ここからさらに60センチ』

『こっちー、崩れるぞ～』

『僕も崩れるよ～』

『今日から僕は土の精霊～』

『僕は砂礫《されき》の精霊～』

『崩れないところは丈夫でいてね』

『は～い、動かないよ～』


「まあ、そうね。便利よね、埃《ほこり》も立たないし」

「ハウロンの小人だって掘ってるじゃないか」

「普通、岩の精霊は頑固《がんこ》でこんなに言うことを聞かないの。ツォルキオンが交渉しても、手を加えても、こんな簡単に掘れないわ。というか、掘ってるというより、崩れてるわよね？」

姿が変わって他の精霊になってますね。

「この場所、色々な石系の精霊がいるな」

話題は変えておこう。

進んだ先に出てきたのは、不揃いで小さな柱が折り重なったような青い石。一緒に水晶《すいしょう》。

「これ？」

「そう。この旅人の石は割れやすくって、円環《えんかん》に加工するのは難しいのよ。形にもよるけど、このままで売るのと加工したあとでは、金額に恐ろしいほどの差が出るわ」

「へえ」

一塊《いっかい》を手に取って眺める。

深い青だけど、透明度は低い。いや、透明度が高いのもあるっぽいけど、エシャの民が見せてくれた旅人の石は、この石と同じくほとんど不透明だった。

「この石は、円環にすると精霊が宿るとか、中にいた石の精霊が起きると言われているのよ。ジーンのおかげで、これからは円環に欠けがあった方がむしろ喜ばれるかもしれないけれど」

こっちの世界、綺麗な宝石ももちろん人気だけど、何か精霊の謂《いわ》れがある石はまた格別。

でもエス川を遡って、歩いて、まず梯子をかけて。先は長そう。

「まず、風の精霊持ちと地の精霊持ちを探すところからよね。できれば涼風《りょうふう》の精霊がいいけれど……」

ハウロンが顎《あご》に手をやって悩む仕草。

――精霊のいる世界の準備！！！

「精霊が憑《つ》いてる人ってそんなにいる？」

「ずっとそばにいるのは珍しいわね。でも、精霊が興味を持って近づいてくる人間っていうのはもう少し多いわ。人間が指示できるわけではないけど、精霊はいるだけでその周囲に影響を与えるから――まあ、人間じゃなくたって、いいんだけど」

自発的に風の精霊が寄ってくるようなものならと、半分考えに沈《しず》むような感じで続ける。

たぶん、風の精霊や地の精霊が好むような『モノ』を考えてるんだろう。

風の精霊が好むのは、木々の枝、水の飛沫《ひまつ》、雲――特に積乱雲は大好き。梢《こずえ》の精霊と戯れて揺らしたり、水の精霊とどこまで小さな雫《しずく》にできるか、どこまで遠くに飛ばせるかを競ったり。

積乱雲の精霊とは大勢で遊ぶことが多くて、大騒ぎをして嵐を起こす。

風の精霊が好むモノは、あんまり坑道内にあるものじゃない。だからこそ、ここは風が吹かないんだけど。

地の精霊はいるけど、こっちはこっちで坑道内にこだわっているくせに、一度テンションが上がると一気に反対に振れて崩れる。人間の事情を知っているから、もう少し穏やかな精霊を呼びたいんだろう。

俺がやっちゃたぶんダメ。だって坑道は増えるんだろうし、俺がずっといるわけじゃない。精霊に『ずっと』をお願いしたら、その『ずっと』の間に願いに縛られて変質してしまう。変質といっても、石が砂になるとかじゃなくて、願いにこだわって自由を失ってしまう感じ？本来、ひとところから動かないのも、気ままにどこかに行くのも、精霊のあり方と好みで自由。俺が『ずっと』を意識しないで頼めばいいんだけど、今考えちゃったんでアウト！　うっかり俺の力が強くなりすぎてて、小さな精霊に期限のない願い事をするとずっと縛りつけてしまう。かといって条件をこと細かに設定するのも、それはそれで自由な精霊にはきつい。中には細かい方が好きって精霊もいるけど、まあそれが好きだって自由だしな。

一時的な願いとか、俺が意識しない願いなら、エクス棒がいい具合に効果を発揮してくれるんだけど。

なんというか、忖度で適当に魔力を持っていって、動いてくれるくらいがちょうどいいのかもしれないって思っている今日この頃。

俺のやらかしになるけどね!!　正直に現状を白状したら、みんなに嫌がられそう。

それに――

「『精霊の雫』とはいかないまでも、魔石をいくつか置きたいところよね」

俺が考えてる間に結論が出たらしいハウロン。

「いる？」

「アタシだって持ってるわよ」

大賢者のポケットにもあった。

「魔石は鉱山以外でも使うわ。アタシがいなくなったあとも国が続く限り欲しいものだし、ちょっとルートを開拓して、誰かに任せられるようにしないと」

それに全部1人でやるのは違う。

「ところで、さっきからこの霧は何なのかしら？　アタシの魔力をトリスが使ってるのだけれど？」

「ここ、暑いからな」

ハウロンが半眼でこっちを見てくるが、目を合わせない。

ミストシャワーで助かってます。

外に出て、伸びをする。青い衣の精霊トリスは、今も静かにハウロンのそばに浮かんでいる。

ハウロンが魔石を割って魔力を補充してるけど、気のせいです。

前にファンドールで同じことをやっているからか、諦めが早い大賢者。あとたぶん、ハウロン自身も快適だったから文句を言えなかったんだな？　さては。

「ここで魔石って、どこで仕入れるんだ？」

「エス経由か、直接ナルアディードか。狩りも併用したいけれど、まだ冒険者や騎士を何人も抱えるほどの国力ではないのよね」

カーンとハウロンがスカウトしてきた人たちは、いざとなったら自分で抵抗できるくらいには逞《たくま》しい人たちが多い。だけど、戦いや狩りを本職にしている人たちじゃない。

文官だったり、街の造成に詳《くわ》しいとか、職人だとか、その家族だとかが多くて、どこかの国の騎士を辞めた人も何人かいるみたいだけど、そっちは国の防衛面に組み込まれてて、魔物狩りには回せないみたい。

「人手も足りないし、まだまだね。ティルドナイ王も、この鉱山を今すぐ活用したいわけではなくて、それを見据えて準備しろということでしょうね」

ハウロンの休息だったはずなのに、カーンはなかなか人使いが荒いな。

また魔法の絨毯に乗って移動。街から鉱山への移動をどうするかとかの下見を兼ねてるから、【転移】は使わない。

そしてご飯。

野菜たっぷりのタコス。

フライドガーリックとフライドオニオンを入れた鶏肉のピリ辛チャーハンを鶏肉多めで作って、ハードシェルのトルティーヤに包んだやつ。

飲み物はビールにライムを絞ったやつ。

「あら、美味しい。具も好みの味だけど、この包んでるのいいわね」

ハウロン、結構スパイシーなもの好きなんだよね。

口に残ったサルサの甘味と辛味、ピリ辛チャーハンのガーリックと辛味をビールで流す。炭酸とライムの爽やかさが心地《ここち》いい。

「ティルドナイ王が砂漠から街を呼び戻し、ジーンが環境を整えてくれたわ。国民はまだまだ手探りだけれど、国の体裁ができたんだもの。ちゃんと発展させてみせるわね」

嬉しそうに笑いながら言うハウロン。きっと発展させるのも楽しいんだろう。苦労が形になるのはいいよね、俺も島が整備されてくの楽しいし。

2章　旅人の石

旅人の石。
レッツェに教えてもらったのは4つ。

猫船長の持っていた、北の大地の民が太陽を探す『サンストーン』。
流浪の民エシャが持っていた、『青い円環』のお守り。
中原の旅人が持つ、旅のお守り『ムーンストーン』。
放浪の民アトラスが身につける、『不透明な水色の石』。

精霊図書館に来ています、で調べて出てきたのがさらに4つ。

エトルの旅人が身につけた、『夜の安全を守る石』。
エスの旅人が身につけていた、『旅人の守護石』。
クリスドラムの船乗りたちが使った、正しき道を指す『青光石《せいこうせき》』。

地の民が持つ、精霊の迷い道を進む『標《しる》べ石』。

8つのうち『サンストーン』『青い円環』『ムーンストーン』『標べ石』は持っている。猫船長にもらった『サンストーン』は、北の民が曇りの日の航海で太陽を探す石。今も北では現役で使われている。

エシャと物々交換した『青い円環』は、もう新しく作れないみたいなことを言ってたけど、石が出る鉱山はわかっている。旅人の石を作ることにカーンとハウロンが乗り気なので、そのうち出回るはず。

『ムーンストーン』は、普通に店で買った。その名の通り白くけぶるようで、輝きが優しい石だ。偽物がいっぱいで買うまでに何軒か回ったけど——お土産ものなのかお守りなのか迷う扱いをされてた——無事、綺麗な青が宿るムーンストーンを手に入れた。

そして地の民にもらったナビ石も、やっぱり旅人の石扱い。正式名称は『標べ石』。

レッツェやハウロンに聞く前に、旅人の石について書かれた本を精霊図書館で見つけてしまった。だって『旅人の石コレクション』って題名だったんだもん。

石の時代に書かれた本には、7つの石について詳細な説明があった。中原のムーンストーンは新しいらしくって、載ってなかったので7つ。

本を書いた人ジャッジでは、７つの中で一番入手が難しいのは地の民の『標べ石』だそうです。一番先に手に入れてます。

入手難易度は、その本の書かれた時代と場所的にってことだね。書かれた時と場所は、もうなくなっちゃった石の時代の国らしいから。

場所ははっきりしないんだけど、石の時代ってドラゴンの大陸側の方が栄えてたようなんで、たぶん南の方の国。

本で読む限り、石の時代の地の民は頑固で、人前に出ることもごく稀《まれ》だったみたいだから。物理的な距離もあるし、売りに出すようなものじゃないし、入手は難しかったろうね。

で、手に入れてないのは、放浪の民アトラスの『不透明な水色の石』、エトルの『夜の安全を守る石』、エスの『旅人の守護石』、クリスドラムの『青光石』。

放浪の民アトラスの『不透明な水色の石』は、アトラス自体の足跡がもう見つからないってレッツェとハウロンから聞いた。

でも、レッツェが知ってたってことは、放浪の民アトラスを確認できたのはそう昔でもないはず。石だし、もう誰も使ってなくっても、どこかには残ってるんじゃないかな？　なので、探すつもりだ。

最後の３つは、本では手に入りやすいものだったみたいなんだけど、こっちの方が探す難易度が高そう。

エスの『旅人の守護石』。レッツェは知らなかったし、そこはかとなく今の時代は絶えている気がする。

石の時代の著者は「一番手に入りやすい石」って書いてるけどね！　著者の国で割とメジャーに売ってたっぽいから、俺のムーンストーン状態だろうな、きっと。あのお守りなのか、お土産ものなのか微妙なラインの……。

で、クリスドラムとエトルってどこ？

俺が向かったのは、図書館の中央通路に置かれてる館内案内の本。広い建物の中に書架《しょか》がところ狭しと並んでいるが、この中央通路は広々している。天井の高さと相まって、開放感のある場所。

その通路に台が置かれ、大きな本が1冊鎮座している。

えーと、記述的には「内海を越えた先に住み着いた」だから、ドラゴンの大陸から見たら今のマリナとかあの辺？　タリア半島とか。

「マリナとタリア半島の、周辺の土地を支配した国々関連の本はどこだ？　できれば時代ごとの国名が簡単にわかるやつ」

本に向かってそう話しかけると、勝手に表紙が開いてページがぱらぱらとめくれる。

止まったページからにょきっと精霊が上半身を出し、こちらを見てくる。ページに綴られた内容は、『マリナ半島とタリア半島の国々の変遷』。

よし、よさそうだな。

内容がよさそうならば、ページに生えている精霊を引っこ抜く。すると、ページに書かれた本のある場所に先導してくれるのだ。

これも検索っていうのかな？

本を借りて、調べることしばし。エトルは石の時代に、タリア半島の海辺に住んでた民だってことが判明。これはあとで現地を回って、古いものが残ってないか探そう。

クリスドラムは、今現在は『滅びの国』と呼ばれている。西にあるあのレイスみたいな、物理が効かない系統の魔物しか出ないところ。

石どころか人がいません！

放浪の民アトラスについての本を読む。

今はあちこち自由に行けるし、現地で見て調べて知るのも楽しいけれど、本を読むのもまた楽しい。

山の『家』の暖炉のそばで火の爆《は》ぜる音を聞きながら、カヌムの家の屋根裏でベッドに転がりながら、雪の降る魔の森の家で毛布に包《くる》まりながら、島の塔の石壁に囲まれながら。

そして精霊図書館の小部屋で、コーヒーを飲みながら。

アトラスの民は、住んでいた島が海に沈んだため放浪が始まったらしい。

アトラスは巨石の時代に一番栄えてたっぽくって、沈んだ理由は地滑《じすべ》りと津波らしい。タリア半島の南西にある島に、その痕跡《こんせき》があるのだそうだ。

内海なのにそんなに大きな津波ってあるのか謎だけど。かりんとう饅頭《まんじゅう》ちゃんもいたし、海底火山が噴火《ふんか》したとかかな？　島自体がその時代より隆起して、津波の痕跡とやらも持ち上がったとか。

あ。誓いを違《たが》えられた『王の枝』狂乱か。津波というより、海の水を巻き上げた竜巻《たつまき》がいくつも襲った、らしい。精霊がいるから何が起きてもおかしくないのに、つい日本基準で考えてしまうな。

アトラスの国の跡から『不透明な水色の石』を見つけるのは難しいだろうか。かといって、放浪の民の足跡を追うのも難しそう。

とりあえずタリア半島の南西の島に行ってみて、かな。タリア半島の端はエトルの民がいた地域だし、さしあたってあの辺の捜索《そうさく》からだ。

クリスドラムはなんか大変そうだから、他を集めてから改めて調べに来よう。物理効かないとどうしていいかわからないし。――いや、黒精霊を掴《つか》むみたいな感じでいけるのかな？

そう回る順番を決めて、本を閉じる。


で。

エスの砂漠。夕焼けのオレンジ。遠くに見えるエス川のほとりの椰子《やし》の木が、黒い影を作ってる。

砂に手をついて魔力を流し、願い事を少々。

『もし砂の中に簡単に持ち運べるような、ゼニアオイの葉の色に似た石があるのを知ってたら、持ってきて』

エスの『旅人の守護石』の捜索は、これが一番手っ取り早いかなって。

長い間には、絶対落としたり、砂漠で行き倒れてたりするよね。そうすると砂に埋もれてると思うんだ。エスの『旅人の守護石』は最初の本に簡単な説明と絵が載ってたんで、この大雑把な方法を試しています。

上手くいったら、放浪の民アトラスの『不透明な水色の石』と、エトルの『夜の安全を守る石』も頼んでみるつもり。

クリスドラムの『青光石』はどうだろ？　魔物の多いところで精霊に探索をお願いするのは

危ないよね。

『はーい、葉っぱの色ね？』

『そう、葉っぱ』

『緑〜？』

『黄緑〜？』

『深緑〜？』


すでに色の範囲が広がった気がするけど、俺も本で「ゼニアオイの葉の色」としか知らないので特定できない。同じゼニアオイの葉でも若葉の色だったら黄緑な気がするし、濃いところもあるだろうし。

絵もあったけど、色をどこまで信じていいかわからない。描かれた当初はそっくりでも、陽や空気に当たると色変わりしがちだし。緑系なことは確かなんだけど。

砂粒《すなつぶ》の精霊、流れる砂の精霊、冷えた砂の精霊、熱持つ砂の精霊。砂漠にいる精霊たちがサラサラと動き出し、砂紋と流砂を作って動き出す。

そして集まる緑の何か。

『これは～？』

砂から短い木の根みたいなものが出てくる。

石についていた紐とか装飾品は取れてる可能性が高い気がするんで、石指定なんだけど、これは本に載っていた石とだいぶ違う。

『これはなんだろ？　違うけどありがとう』

あとでハウロンに聞くか、本で調べよう。

おっと【鑑定】できるんだった。――『雷管石《らいかんせき》』、砂漠に雷《かみなり》が落ちて硅砂《けいさ》が変質。色も色々あるらしい。

『これは～？』

――『緑玉髄《りょくぎょくずい》』、玉髄の一種。玉髄ってなんだ？

『違うけどありがとう』

緑色の石は、メール人にあげるのでいくつあってもいい。

『これは～？』

ざらりといっぱいエメラルド。

【鑑定】しなくてもわかる！　エメラルドとかルビーとかサファイアは、今でもナルアディードで高値がついてたくさん取引されてるので、人気なんだな。

『これは～？』

表面がぼこぼこと月みたいになってるガラス質の石。――『テクタイト』、隕石《いんせき》の衝突で作られる天然ガラス。

色々あるね。他にもたくさん持ってきてくれた。たくさんあるのから、少量のものまで。少量のはこの辺にあまり出回ってなかった石なのかな？　産地が遠いとか。

昼の砂漠は灼熱《しゃくねつ》だけど、夜は冷える。そろそろ明日にした方がいいかな。

『これは～？』

緑色に、黒に近い緑の細かい縞《しま》。涙型のその石は、ところどころにビーズを通した毛糸で縁取られ、下げられるようになっている。

——古代エスの『旅人の守護石』。


『ありがとう、これだ』

『わーい！』

『おめでと～』

『あった～』

『でた～』


さわさわさらさらと精霊たちが囁く。たくさん持ってきてもらったので、また魔力を砂に流してお礼。

エスの『旅人の守護石』、ゲット！

エスの『旅人の守護石』以外にも、たくさんの緑の石を手に入れた。目的のものではないけ

れど、せっかく探してきてくれたものなので、ありがたく持って帰ってきた。

長年砂に埋もれていた石たちを『家』に持ち帰って、せっせと手入れ。なお、『旅人の守護石』についてる毛糸の装飾みたいなのは、ラクダの毛と判明。

綺麗にしたいけど、これは結び方とかにももしかしたら意味があるかもしれないので、ハウロンに聞いてから手をつけるつもりで避けておく。なお、たくさんある模様。

とりあえず宝飾品というよりは、自然にできたっぽいものから綺麗に。

雷管石とテクタイトはかっこいい形をしたものを2、3個確保して、残りはメール人に贈るために別にしておく。

『旅人の守護石』の他も、石単体じゃなくって首飾りとか指輪とか状態のものがたくさん。

宝石にあんまり詳しくないせいか、エメラルドにふんふんしている俺。――と、思ってたんですけどね？

なんかエメラルドにしては青っぽいなと思って【鑑定】したら、アレキサンドライトとかいう石だったのをきっかけに、確認したら珍しい石がいっぱいでした。

ガーネットに緑があるなんて聞いてない。

いや、記憶を掘り起こすと知識はあるんだけど。たぶんちらっと見ただけとか、普通は忘れる記憶も、【鑑定】のせいか【生産の才能】のせいか、ちゃんと思い出せる。

ただ、エメラルドだと思ってたから考えなかっただけで。そういうわけで色々分け直して種類が増えた。

種類が増えたからといって、見た目が好みか好みじゃないかで選んで終了なんだけど。飾っとくだけで、特に身につけようとは思わないしね。

金属が歪《ゆが》んでいたり、傷があるものは直すことにした。なんとなく形がわかるものは、そのイメージに沿って手を入れる。元の形がわからなくなってるものは諦めた。

でも中には精霊が宿っているものもある。長い間埋もれているうちに眠りについたものが大半だけど、そっと魔力を注いで起こし、直すのを手伝ってもらうというか、直ってもらう。

でもそれには、欠けた部品やらを補うものを用意せねばならず、今度はそのためにナルアディードの店を巡《めぐ》ったり、エスの古いアクセサリーを買い取ってきたり。元の形がわからない精霊がいない宝石も、修理の素材に回す。

そうやって数日かけて指輪やらブローチやらを直し、今は、首飾りかな？　というものを直そうとしている。潰れてひしゃげた金属に、エメラルドがたくさんついてるやつ。

『はい、はい。起きて～』

『ん～？』

魔力を少し流して精霊を起こす。

石に宿る精霊はその石が好きだけど、他にも好きなものがある。中でもカットされた宝石に宿る精霊は、金とか銀とか、柔らかい布とかがそばにあると、喜ぶことが多い印象。

宝飾品そのものに宿る精霊もいるんだけど、力が弱ると、大体その中の一番大きい石で寝てるかな。

首飾りっぽいものをテーブルの中央に置いて、周囲には飾りに使われていたってわかるものを置いてある。精霊金と真珠《しんじゅ》とルビー、ダイヤ。欠けてる部分があるので、それを補える量。

さらにテーブルの上には、精霊銀やプラチナ、色々な色のビロード、各種宝石——というか精霊石。本当はただの金銀とか宝石を用意するべきなんだろうけど、うちにないんです。そこは諦めてください。

色々素材を集め終えて、明日から本格的に〜とか思って、いざ直すためにテーブルに出したら精霊が集《つど》ってですね……。

『君の寝床《ねどこ》を元の形に戻したいんだけど、手伝って。何がいる？　何が好き？』

『ん〜金が好き』

『テーブルの上のものは好きにしていいよ』

精霊金は色々用意した。火の精霊の『細かいの』、水の精霊の『細かいの』、大気の精霊の『細かいの』とかこう、相性があるからね。相性を考えなくていい、属性までなくした消える寸前の『細かいの』もあるので、万全《ばんぜん》です。

金と銀に関しては、前から溜め込んでたせいで幸い各種取り揃えている。元々はただの金銀だったんだけど。

エメラルドの中にいる精霊が、そっと精霊金に手を伸ばす。それに答えてするすると首飾りに流れ込む精霊金。精霊金が飲み込むようにして元々の金属と混じり合い、形を作ってゆく。

あれ？

ちょっと待って。高さがあるんですけど？

『ん～赤い石も懐かしい』

ルビーが引き寄せられる。

『ん～きらきらに囲まれてた』

ダイヤが引き寄せられる。

『ん～揺れてたやつ』

涙型の真珠が引き寄せられる。

うん、首飾りじゃないなこれ。

どう見ても王冠《おうかん》です。どこのですか？

他にも似た感じのエメラルドの何かがあったので直したら、エメラルドの首飾り？　肩飾り？　頸飾《けいしょく》って言えばいいのかな？　よく王様が首というか肩からかけてる、勲章《くんしょう》を下げるやつだった。

……王冠の一番大きいのを見て、他も全部エメラルドだと思ってたけど、首からかけてるやつの方も王冠の他の宝石も、ペリドット混じってるなこれ。

まあ、俺は【鑑定】しないと見分けがつかないし、エメラルドってことでいいか。

というわけで、エメラルドの王様セットができた。あとは王笏《おうしゃく》とマントがあったら一式だよね。マントはともかく、せっかくだから王笏を作ってカーンにあげよう。まだエメラルドあるし。砂に埋もれてたってことは、持ち主はいないはず、たぶん。

砂漠の落としものの中で、一番大きなエメラルドを選び、まずは形を整えることから。『斬全剣』ですぱっとする。

いや、だって研磨《けんま》なんかしたら逆に歪む自信があるし。

で、あとは精霊金さんに俺のイメージを読み取ってもらってですね。エメラルドを巻き込みつつ、姿を変えてもらったわけですよ。

エメラルドを囲んでるのがハート型で、翼《つばさ》が生えてるぞ？ どこの魔法少女のステッキだこれ？ ハウロンが使うの？ いや、王様だしカーンか。

リテイクです精霊金さん。確かに短い杖《つえ》みたいなのとか思ったけど、これじゃないです。変身されても困ります。

あ、ちょっと、某ライダーベルトもダメです、遠くなりました。カーンの装身具としては魔法ステッキよりはアリだが、違います。

そうです、イギリスの王笏みたいにしてください。

途中何度か事故ったが、無事に出来上がった。よし、明日ハウロン経由で渡してもらおう、ハウロンには『旅人の守護石』も見てもらわないと。

ハウロンがカヌムに今度来るのはいつだろう？

発端はレッツェだし、たぶんこういうの好きそうだし、できれば一緒にハウロンから、エスの『旅人の守護石』について聞きたい。

精霊図書館で調べたけど、この世界は口伝《くでん》とかも多いし、本に書かれていることが全てってわけじゃない。それに本が書かれた時代じゃなくって、今現在の認識を知りたい。

でもって本日は終了！　リシュと戯れて風呂に入って寝る！

「リシュ、ブラッシングしようか」

名前に反応して、足元にいたリシュが顔を上げてこちらを見る。

見上げる首の角度が絶妙！　うちの子可愛い。


「――と、いうわけで『旅人の守護石』について教えてくれ」

何度かすれ違いがあったが、無事ハウロンとレッツェを確保。

話の対価に酒とご飯をハウロンの前に置いて、食べながら聞く態勢。

本日は赤ワイン、パン、カボチャのポタージュ、サヤインゲンとミモレットみたいなオレンジ色のチーズのサラダ、サーモンのグリル。

「へえ、こんなのもあるのか。どの辺のだ？」

「出てきたのはエスの砂漠でだ」

机に出した『旅人の守護石』を見てレッツェ。

「教えるのはいいけど、よくこんな完品《かんぴん》に近いものを見つけたわねぇ」

そう言いながら、俺が出した『旅人の守護石』をハンカチの上に慎重に置き直すハウロン。

「いい石だわね、明るい緑と濃い緑が孔雀の羽根《はね》のような模様になって、グリーンの濃淡が綺麗でバランスもいいわ」

どうやら石としてもいいものを手に入れたらしい。

「この緑の石は、家庭の守護女神タウーレが好んで身につけるの。想いを込めて作り、その家から旅立つ人に持たせると、守ってくれる効果があると言われているわ。具体的に言うと、持ち主に危険が及びそうな時に石が砕けるのだそうよ」

「へえ」

じゃあ、砂の中から出た割れていないこの石の持ち主は、ピンチじゃなかったのかな？

精霊がいる世界なんで、その手の話は本当に発現しそうだなって思ってる俺だ。

想いを込めないで作ったお守りか、それともピンチでもないのにそそっかしくも落としたのか。

「この石を囲む紐の編み方は結構バリエーションがあるのよね。初期は石が1つでもう少し素朴な感じだったんだけれど、脇石みたいに石が増えたり、編み方もだんだん複雑になるの――これは、中期かしらね。石が1つだけど、編み模様の方はちょっと複雑だし」

ハウロンがそう言って、ハンカチに載せたまま『旅人の守護石』を俺に返してくる。

「なるほど。作り方は全部かっちり決まってるわけじゃないんだ」

「エスで今でも使われてるのか？」

レッツェが聞く。

「いいえ。アナタが知らなくてもしょうがないわ。巨石の時代の、今は古代エスって呼ばれてる時のものよ」

ハウロンが否定する。

「古代エスのラクダと、今のラクダって同じ？」

「なんでそこでラクダなんだ？」

隣でレッツェが不思議顔。

「これを直すにはラクダの毛がいるみたいだから」

このゴワゴワしてる紐は、ラクダの毛が古くてガビガビになったやつだ。

「やめて、出てきたままで保管して。歴史的痕跡が……っ。同じタウーレの石あげるから、それで新しく作って」

ハウロンに止められる。

「歴史的痕跡……」

もう直しちゃった王冠がとても出しづらい。

出しづらい……などと思っていたら、すでにほっぺたの人権が蹂躙《じゅうりん》され始めてるんですが、なぜですか？

「……」

無言で疑わしい眼差《まなざ》しやめてください。

「ちょっと直しちゃったあとなだけで、周囲に影響はないので大丈夫です。もしかして歴史的な遺物《いぶつ》とかだったらハウロンが叫ぶかもしれないけど」

正直に申請。

「アタシは大丈夫じゃないのね……」

遠い目をするハウロン。

「お前、頰《ほお》を伸ばしてるのにはっきり話すのどうにかしとけよ」

レッツェが呆れたように言う。

はっ！【言語】さん、俺の知らないところで活躍を……？　意識してふがふがしないといけないのか。

「で？　何を直したんだ？　すでに直したあとってことは、ラクダの毛を気にしてた『旅人の守護石』じゃないやつなんだろ？」

「うん」

レッツェに言われて、『旅人の守護石』をどかしてテーブルの上に王様セットを出す。

「拾いものだけど、カーンにどう？」

綺麗に直しました。

王笏も魔法ステッキではなく、王冠とセットな感じでコーディネイトされました。今ならカーンが握《にぎ》ってもおかしくないと思います。

「なるほど、新品並みだな」

「王冠、頸飾、王笏ね。エメラルドはともかく、精霊金……」

レッツェは距離を詰めることなく、全体的に見るとはなしに眺めてる感じ。ハウロンはモノから1センチくらい離した状態の指をその形に滑らせ、確認しながら。

エメラルドがオリジナル部分ですよ、ハウロン。

「『旅人の守護石』と一緒の場所よね？　エス周辺でこんな見事な王冠の記述あったかしら？　エメラルドの王冠というと、メールへ旅したソロンの王女伝説が有名だけれど」

ハウロンが自分の中の知識を探っているのか、難しい顔。

「ソロンの王女？」

「ルフ国の、確認されている最後の王族ね」

「えーと。ルフ国というと、魔法陣とか量産してた方だよね？」

古王国時代――巨石の文明よりさらに前――に、パサ国を作ったのがルフ人。俺と似たような感じで、精霊に直接、色々な頼みごとをしていたっぽい種族。王位争いで疲弊《ひへい》し、数の多い野蛮《やばん》な者たちに攻め入られて滅んだ。

で、そこに野蛮な者――精霊を使えない普通の人間だっただけだと思うけど、その人たちが何度か国を興して、どれも長く続かなかった。

パサ国自体は小さな国だったらしいけど、なにせ精霊が忖度してくれる文明の中心みたいな国だったので、そこが上手くいかないと周辺の国も困ったらしい。それに、他より精霊が集まっていただろうし、野放《のばな》しの精霊がきっとやらかしてたんじゃないかな。

で、辺境で細々と命を永《なが》らえていたルフ人の女性を見つけ出し、女王と仰《あお》いでようやく安定した。国名をルフと名付けて、国民はルフの民と名乗る。

ルフの民は、女王の血を引いていない限りルフじゃないというややこしさ爆誕《ばくたん》。

「ルフ国が滅びる時、王家は皆殺しって読んだけど」

「どこで何を読んだか興味深いわね。――滅びる前に、ソロンという国に嫁《とつ》いだ王女がいるのよ。いるというか、そういう伝説なんだけれども」

一旦言葉を切って、ワインを飲むハウロン。

「ルフが滅びたあと、その王女が当時のまだ緑豊かなオアシスが点在する、エスの砂漠を旅した伝説があるの。旅の目的は定かではないけどね」

へえ、へえ。

「嫁いだのに王女のままなんだ？」

「ソロンの王族よりルフの地位の方が高いからかしらね？　伝説を語り継いでる人々にとっても、ルフの末裔の印象が強いのね」

ハウロンが肩をすくめてみせる。

「でもまあ、ソロンのものであれば、王笏があるはずないし、違うでしょ」

「なんで？　王笏ないの？」

ハウロンがまた新情報。

「ソロンは歴史上で確認が取れる、一番古い『王の枝』を持った国だからよ」

「うん？」

「王笏は『王の枝』の代わりだ。本物を持っているのに、わざわざ紛《まが》いものは作らねぇって話だ」

ピンと来なかった俺にレッツェが補足してくれる。

「え、そうなの？」

元いた世界に『王の枝』はないけど王笏はあったから、王様セットに必ず入るものだとばかり！

「ええ。ソロンの王女が王冠を持ち出して旅しているのもおかしなことだし……。財宝を持ち出した話はあるけれど」

王笏はともかく、この王冠と頸飾がソロンのやつだって可能性が？

「えーと。もしこれがソロンのだとしたら、カーンに贈るのはやめといた方がいい？　ルフにこだわってるのがいるみたいだし、粘着《ねんちゃく》される恐れ？」

ローザとかローザとか。

ローザの他にも、ルフの末裔を探してる人たちはいる気配なんだよね。しかも面倒そうなのが。

ハウロンだって、ルフの話題はチラチラ出すし、この世界で未だルフは特別っぽい。

「そうね……。もしソロンのものだと思われたら、王冠に古い精霊が眠ることを期待するかしら？　ルフの手がかりがあまりにも乏《とぼ》しい上、ルフ関係のものってそう多くないのよね。ルフを探す人々に、集まってこられるのも面倒ねぇ」

頬に手をやって考え込むハウロン。

「古いもんには見えねぇから大丈夫だろ。俺たちは知っているから、少しの可能性を考えちまうだけで。普通は新しく作ったモンだと思っておしまいだ」

レッツェがこともなげに言う。

「それもそうね」

ハウロンがホッとしたように同意する。

ごめんね、王笏は元々なかったんだ。でもまあ、ここは新品ってことで、ひとつ。

「いえ、待って。そうねとか言っちゃったけど、精霊金、精霊金よ！」

椅子にもたれかかったハウロンが、すぐに身を乗り出して叫ぶように言う。

「精霊金くらいなら、普段は神殿に納めておけば大概《たいがい》の奴は諦めるだろ。——量はおかしいと思うが、一応コネと金がありゃ手に入るもんだし」

レッツェが宥める。

「そうそう、わんわんに番犬してもらえば安心」

「犬って言わないで⁉」

ハウロンがキッとこっちを見る。

「……そうね、確かに精霊金は価値があるけれど、集められるだけの伝手《つて》も財力もあるから、面倒そうな相手が絡んでくる可能性は少ないわね。普通の盗賊ならばなんてことないし。そもそもその前に、神殿には供《そな》えられた果物と野菜が……っ」

だんだん声のトーンが落ち、机に伏せるハウロン。

「あー……」

「え、果物と野菜の方が王冠より上⁉」

俺の中で、王冠と王笏のエメラルドがキャベツになったんですが。頸飾は立派なメロンになりました。

「ア・ナ・タが！　持ってきた黄金の果物と野菜よ！」

顔を上げて叫ぶハウロン。

ああ、そういえばなんか、魔法的な力の供給源として優秀なんだっけ？

「なんかこう、冷房とか水汲《く》みとかに利用すればいいのに」

「神々に捧げたものを、下げ渡されたならともかく勝手に使うわけにはいかないでしょ！　しかもあの古き強き神たちに！」

色々気を使って大変な様子。

「また持ってこようか？」

たくさんありますす。というかできてます。いつでも押しつけ先を探しています。

「やめて⁉」

ハウロン半泣き。

「酒でも飲んで落ち着け。ジーン、何かつまみくれ」

レッツェがそう言って、ハウロンのグラスにワインを注ぐ。

つまみのリクエストが来たので出す。

赤パプリカに、ペーストにしたツナを詰めて焼いたやつ。キノコとホタテのカナッペ、塩漬けタラのコロッケ、ハムとチーズが数種類。

「お、この揚げもんは塩加減がいいな。コロッケだったっけ？　あれより酒に合う。あっちは飯だな」

一口サイズのタラのコロッケを口に運ぶレッツェ。

「ううう。相変わらずいつも美味しいわね」

釣られてハウロンも手を伸ばし、食べ始めた。

「精霊金も黄金の鎧《よろい》クラスの曰《いわ》くつきじゃなければ平気よね。うん、そう！　野菜に比べればば！」

ハウロンが復活した！

でも問題発言もした！

「よし、ジーン。小出しにしろ」

口を利く前にレッツェに止められた！

精霊金でできた鎧って、今クリスの像になってるやつだよね？　見てないところで動くって噂の。鎧じゃないしこれもセーフ？

「お！　ジーン来てる！」

「こんばんは」

ディーンとクリスが帰ってきた。

「こんばんは。お疲れ？」

なんかよれっとしてる。

珍しく外はまとまった雨だし、面倒な仕事だったのかな？

「お疲れ、お疲れ、だから飯をくれ！　いいもんやるから！」

「さっきまで疲れていたけれど、ジーンと会えてテンションが上がったよ！」

とりあえず手足洗ってくる、と言って井戸端に行く２人。

出会った頃は汚れたままで飲み食いを優先することもあったディーンが、今はちゃんと最低限を整えてから食卓に着く。

いいことです。

「あの２人、昨日から泊まりがけで――。冷えてるはずだから、よければ温《あたた》まるものをなんか出してやってくれ」

雨は降っているものの、寒い日ではない。なんだろ？　氷の魔物でも相手にしてたのかな？

「いいものってなんだろ？」

レッツェが笑って教えてくれない。２人が出してくるのを楽しみに、ってことか。

レッツェの話を聞いたハウロンが短い呪文を唱《とな》え、指を暖炉に向かってちょいと振る。途端、ちろちろと燃えていた火からトカゲの形の精霊が一瞬走り上がり、火が大きくなる。

「レッツェもハウロンも食える？」

「本格的な量は、ちときついかな」

「小出しにしてちょうだい」

ハウロン、小出し希望なのか。

「じゃあ、取り皿出すから２人で分けて」

とりあえず酒を人数分、鍋敷きを人数マイナス１用意。

「お待たせ」

「待たせたね！」

ディーンとクリスが靴《くつ》を抱えて戻ってきて、乾かすためか暖炉の前に置く。ディーンのブーツには精霊が至福の顔してインしてる。

「ああ、デザートは私とディーンに任せてくれたまえ」

「美味いってか、珍しいの食わせてやるよ」

笑う2人。

「楽しみにする。まずはご飯どうぞ」

そう言って鍋焼きうどんを出す俺。

陶器の鍋は底が平らなこっちの鍋だけど、なるべく似たやつを手に入れてみた。

「熱いから気をつけて。取り皿で一旦冷ますのもいいぞ」

「うを、ぐつぐついってる！」

「これは熱そうだね。冷えていたから、目にもご馳走《ちそう》だよ！」

あれです、餅巾着《もちきんちゃく》入りの鍋焼きうどんです。腹にたまると思います。

寒い時に食べてとてもよかったので、出してみたんだけどどうだろう？

「卵は好みで落として」

そう言って、卵を落として蓋《ふた》をして見せる。

精霊に頼んで火から下ろしても普通より少し長くぐつぐつしてる鍋なので、ちゃんと白身は固まると思います。

「これは？　海老フライか？」

レッツェが器用に箸《はし》を使って持ち上げる。

「海老天の方だな」

衣が汁を吸って、くたっとほよっと柔らかく。

「ごめんなさい、1人分食べるわ。今からお願いできるかしら?」

取り皿に分けようとしているレッツェを止めて、ハウロンが言う。

「じゃあ俺も頼む」

ハウロンと半分予定だったレッツェはどうかと視線を送ったら、そう返ってきた。

結局みんなで鍋焼きうどんを食べた。

うどんの少し甘いツユを吸った天ぷらの衣、麺《めん》に絡む黄身、何より熱々《あつあつ》。

「はー、あったまるなこれ」

「美味しいよ! ジーンはともかく、レッツェはほうんとうに箸使いが上手いね。私も箸で食べられるようになりたいのだけど、どうしても跳ねてしまうよ」

フォークで食べているクリス。

「『すする』のがまだ難しいな」

レッツェ。

空気と一緒にすすらないと、酷《ひど》く熱いんで気をつけて。

鍋焼きうどんでうやむやになった、王様セット。

その包みを持ったハウロンが部屋に戻る。

今日はカヌムに泊まりなのかな？　ハウロンの転移は、決まった場所から決まった場所の間でしかできない。

カーンの部屋に転送円があるはずだけど、転送のためのクリスタルは消耗品でもう作れないから、よほど急ぎでない限り、ハウロンは一族の秘法を使う。

普段なら送ってこうかと声をかけるんだけど、王冠のことも話しあぐねてハウロンの背中を見送っている。

「ごめん、ハウロン。その王笏は元々なかった、王冠とかとデザインを合わせて俺が作った新品！」

扉が閉まる直前、思い切って告白。

しばしの間。

「えっ！　ちょっと、どういうこと⁉」

すごい勢いで扉が開いて、部屋に戻ってくるハウロン。

ディーンとクリスがちょっと驚いて目を丸くし、レッツェはやや呆れ顔。

大人しく全部話しました。


「……ソロンの王冠。絶対そうよね、これ……」

テーブルの上に包みを解かれた王冠セット。それを前にしてハウロンが崩れ落ちている。

「美しいね。緑に吸い込まれそうだよ」

「カーンの旦那に似合いそうっちゃ似合いそうだな」

「……」

そばで眺め回すクリスとディーン、少し距離をとって見ているレッツェ。

「黄金の鎧は原型を留めてねぇからともかく、これがこの姿で砂漠にあるっつーのは危なそうだな。まあ、精霊金なのは見る奴が見ればわかるからセーフか？」

レッツェがワインを飲みながらボソボソと言う。

原型を留めてなければいいの？　現在動くクリス像が、絶賛変な伝説というか噂を生産してるけど。

「普通の金の方がいいのか？」

「普通の金だと、より本物らしさが上がってしまうからダメなのではないかい？」

「本物だとまずいのか？」

ディーンとクリス。

「ううう。いいわよう。いっそ、『ソロンの王冠にあやかって、似せて作らせた』って、こっちから噂を流すわよう」

半泣きしながら、対策案を出してくるハウロン。

「これが本物だってことになったら、たぶんあちこちの自称ルフの末裔と、ルフに夢を見ている血統《けっとう》主義者が、あの手この手で狙《ねら》ってくるわ。面倒くさいのよ、特に後者。表立って活動してるのはともかく、水面下で活動してる秘密結社《ひみつけっしゃ》みたいなのが」

ハウロンが少し復活。

「ああ、なんかそんなのいるって噂あるな」

「ラアインの道の宿屋ギルドも、ルフ国の末裔が始めた結社ではなかったかい？」

「末裔が始めた商売の結社はもっとあるだろ。秘密結社はもっと危ねぇのじゃなかったか？一番有名なのはシュルムの」

「ああ、あれのことかい？　噂が表に出ている時点で、あれもダミーだっていう話もあるね」

ディーンとクリスの不穏な会話。

「そんなのいるんだ？」

「アナタの知ってるところでは、ローザもそうよ？　ローザは秘密結社のコネクションを利用してる面が強そうだけれど」

「え？　シュルムに秘密結社あるのにローザも⁇」

シュルムとローザって敵対してなかったっけ？　いや、ダミーだから⁇

「ルフ国の末裔は国が滅びたあと、世界中に広がってるもの。それ系統の秘密結社は1つや2つじゃないのよ。秘密結社同士で争うこともあるわ。争いつつも、外に対しては協力してことに当たるみたいな感じね」

ハウロン。

ルフ国滅亡から続いてるんじゃ、確かに長い気はする。というか、ローザたちはルフと同等の力を持つ勇者に対抗するために、ルフを求めてるのかと思ってたんだけど。

ルフだと思われるの、勇者より面倒そう。過去にルフのフリしちゃってるけど。

「普通の結社《ギルド》でも、ルフ国の末裔が作ったってぇのは多いんだよ。技術も精霊の使役に関しても進んだ国だったってことで、流れ着いた先で中心になったり、技術の秘匿《ひとく》のために集まったり。まあ、そういう触れ込みの方が箔《はく》がつくってんで、名乗ってる偽物も混じるけどな」

レッツェの補足。

長い間にすごくややこしく増えてるんだな？　さては？

「人数が多いと、それだけで商売や人を動かすことで益《えき》になるからな。ルフとは関係ないがギルドに所属してるってのも多い」

肩をすくめてみせるレッツェ。

「世界に散ったルフ国の末裔――あるいはそう名乗る人たちが作ったのは、うんと古い結社だし、血も混じって記憶も薄れて、今では単にその仕組みだけを利用して、普通に生活している人が大半よ」

「普通に暮らしてりゃ、別にどうってことねぇ集団だな。ただ、中にはルフに関係するもんはなんでも、何をしても欲しいって奴もいる」

「ごくごく普通の人から、ちょっと精霊に好かれて自分は特別だと思い込んだ人まで、ルフを騙《かた》る者は多いし、中には血の薄まった本物もいるかもしれないけれど――」

なるほど、ルフっぽく振る舞ったり、主張してる人って多いのか。

というか、ルフの隠れ里があるっぽい話も聞いたね。

「このソロンの王冠と頸飾を持つ者は、王女の末裔――ルフの王族の血を引いているって思われるだろうから、厄介《やっかい》なんだよ」

レッツェが解説してくれる。

「砂漠を旅した王女の最期《さいご》が曖昧なのも、末裔が存在する噂に拍車《はくしゃ》をかけてるのよね。ソロンの王冠と頸飾は、ソロンの建国を認めたルフ国が贈ったものだと言われてるし……」

頬杖《ほおづえ》をついて語るハウロン。

微妙に嬉しそうだけど、やっぱり考古学とか、伝説や歴史から類推《るいすい》してとか、そんな作業が好きなのかな？

「ルフの王族の血を手に入れた奴が全ての結社の頂点になるってんで、血統主義者から実利を取りたい者まで危ねぇのが寄っててくる」

「王冠と頸飾を適当な者に持たせて、正統を名乗るとかね。持つ者が本物じゃなくても名分《めいぶん》になればいいのよ」

ハウロンがひらひらと手を動かす。

秘密結社の中に、ルフの末裔カーン王が爆誕とかじゃないらしい。

「強いルフの末裔を取り合うのとは、また別の話だな。――王族と間違えられねぇようにしろよ？　まあ、お前は変な阻害があるんで平気なんだろうけどな」

レッツェが俺のほっぺたをつまむ。

ご心配おかけいたします。

絡んでくるのが面倒な人たち本人なら潰しておしまいにするけど、話を聞く限り、所属してる一般人も頼まれて、理由も知らないまま絡んできそうな話だ。

こっちに来たばかりの時は、物にも国にも人にも愛着がなかったんで、半分『家』に引きこもる気でいたし、どうでもよかっただろうけど。

だいぶこっちに馴染《なじ》んだな、俺。だから今、ルフ関係を改めて話してくれてるのかな？　初期に説明されてたら、より一層引きこもってたろうし。

「すごく面倒くさそうなのは理解した。ルフ関係気をつける」

『今』か『ちょっと前』くらいのルフ関係の伝説を漁ろう。話のニュアンス的に、黄金の鎧もルフの王族関係な気がしてきた。

あと、島でやってる活動みたいなのを、あちこちでやって分散させるか。神々に頼まれたことだし、何か造るっていうのはやめられないからね。

「それにしてもルフ国の人って、ルフじゃないのに、ルフ好きすぎない？」

「……ルフじゃない？」

ハウロンが市松人形の怪異みたいに軋《きし》んだ動きで、顔をこっちに向けてきた。

「よし、そっちの話はやめよう。忘れられないうちに『いいもん』ください」

ディーンとクリスに向かって催促《さいそく》する。

不穏な気配を感じたので話題を逸らしたとも言う。

「ちょ！　そこでやめるの!?」

「やめます。人類には早すぎたんです」

人類には早すぎる。誰のセリフだっけ、これ？

「え⁉　そんな壮大な感じなの？」

「いや、全然」

「ちょっと！」

ハウロンが忙しい。

「えーと、出していいかい？」

クリスが袋を顔の高さまで持ち上げて軽く振る。

そう大きなものじゃないみたい。なんだろう？

「出してください」

気になります。

「ルフの話は⁉」

「ルフの話は、ハウロンは自分で調べた方が楽しいタイプだと思うので、口をつぐみます。急いで知ったところで何がどうなる話じゃないし」

いや、血統主義者的にはどうこうなるのかな？

でもルフ国の人は、今の人より精霊を使うことに長《た》けてたっぽいし、特殊っちゃ特殊だよね？

というか、コミュニティ作ってるのは、全部ルフ国人なんだろうし。

たぶん俺と精霊の関係に似た感じなのがルフ――ルフAで、ルフ国人――ルフBは、魔法陣や断片的な精霊言語で、精霊を使役してた感じじゃないかな。

『精霊灯』とか、カーンの地下神殿にあった『転送円』とかは、後者の文化だと思う。ルフBの時代のものは探せば世界に色々残ってそうだけど、ルフAの方は精霊に直頼《じかだの》みのせいで、文化的なものがあんまり残らなかったのも混同の理由なんじゃないかな、と思ってる。

本に書かれていることが本当とは限らないし、フィールドワークは大事。俺は『精霊図書館』で調べて満足しちゃったけど、ハウロンが同じ結果に行き着いたら、書かれてたことはきっと正しいと思える。

まあ、ルフたちがいた時代に近い頃に書かれた本だったし、今の時代に伝わっている話よりは信憑性《しんぴょうせい》があると思ってるけど。

「ううう」

頭を抱えて唸《うな》っているハウロン。

早く知りたい気持ちと、自分で調べたい気持ちが戦っている様子。頑張って！　世界中を旅して痕跡を集めるのも楽しいよ……！

俺は今、ルフより旅人の石集めだけど……っ！

「お前……。ほれ、皿」

レッツェが俺の前に新しい皿を置く。

「さて、御覧《ごろう》じろ」

クリスが芝居がかって、厳《おごそ》かな感じでゆっくりと袋を傾ける。

「たぶん食ったことないと思うんだけど、どうだ？」

それを見ながらディーンが言う。

袋から出てきたのは、綺麗なマスカットグリーンの丸い実——実でいいんだよね？

「ガラス細工みたいだ。綺麗な色」

皿にこんもり薄いグリーン。

「食べてごらんよ！」

「口に入れて噛むんだぞ」

クリスとディーンにそう言われて1つ。

「わ！　冷たい！」

軽く噛むと、途端にシャリっと口の中で脆《もろ》く崩れ、冷たくてほんのり甘い果汁《かじゅう》が広がる。

味のついた氷かけの炭酸水みたい？

「すごい、面白いし美味しい！」

初めて食べた！

「あら、『凍《こご》える葡萄』ね。なるほど、それは冷えるわね」

葡萄か。

房になってないけど、そう言われるとシャインマスカットに近い味な気もする？　爽やかで、あまり口に残らずすっと消えてしまうから、確認するための余韻《よいん》がないぞ。

「『凍える葡萄』って言うのか。冷えるってほどじゃないけど、冷たいね」

「凍えるのは収穫する時よ。実に手をかけると、足元の根から身が凍るような冷気を出す植物の魔物よ。結構個体数が少ないはずね」

ハウロンが教えてくれる。

「じゃあ結構採るのに苦労する？　ありがとう」

ディーンとクリスにお礼を言う。

「移動しない魔物だから、倒さずに置いとくんだ。ただ、実の生《な》る時期がものすごく短くって、去年も一昨年《おととし》も食い損ねた」

そう言って、ディーンが『凍える葡萄』をつまむ。

「来年は予定が空いてたら一緒に行こうか。天気と気温、風次第なところがあるから、条件が合ったら本当にその日のうちに見に行くことになるけれどね！」

ウインクしながらクリスも。

「明日にはダメになっちまうから、レッツェもハウロンも遠慮なく食え」

ディーンがにかっと笑って勧《すす》める。

「ありがとさん。ご相伴《しょうばん》に預かる」

レッツェがそう言って手を伸ばす。

「美味しいわよね、コレ。ありがとう」

ハウロンも。

『凍える葡萄』を口にする俺たちを嬉しそうに眺め、自分たちも口に運ぶディーンとクリス。

『凍える葡萄』は儚《はかな》くて美味しい。口の中に残らないので、飽きずにたくさん食べられそう。

でもこれ、採るタイミングも難しくって、個体数も少ないっぽい？

……1個実をもらって、増やしたい気もするけれど、いいや。来年が楽しみだから。一緒に待って、楽しみたい。友達と先の約束があるのはいいね。

◆◇◆◇◆

次に見つけようと思う旅人の石は、『夜の安全を守る石』。

エトルは石の時代にタリア半島の海辺に住んでた民とのことなので、タリアの端に探しに行く予定。夜に。

人が住んでる地域だからね！　人目につかない場所がないので、夜活予定です。

朝から畑と果樹園の世話、リシュとたっぷり遊ぶ。最近は取ってこい遊びが気に入っているらしく、地の民にもらった綱を咥《くわ》えてきて、俺の足元にポトっと落として見上げてくる。

それを思い切り投げてやると、たっと走っていって拾って、またたったか走って戻ってくる。戻ってきた勢いのまま、俺の足の間に綱を咥えて突っ込んでくる。

わしわしと撫でながら綱を受け取って、また遠くに投げる。この繰り返し。走り戻ってくるリシュが可愛い。

昼は、お浸しと肉豆腐、鳥の唐揚《からあ》げ、グリーンサラダ、切り干し大根、ご飯と豚汁《とんじる》。

今日は人に会う予定もないので、唐揚げはがっつりニンニクを効かせたやつ。豚汁は焼き目をつけた3センチくらいのネギも入れて具だくさん。豚汁が全ての野菜不足を補ってくれる気になりつつ、もぐもぐと。

途中で暑くなって上着を脱いだ。

昼の片付けついでに夜の捜索用のおにぎりも用意。昼寝をして準備万端！

で、夜です。夜目が利くのをいいことに海岸を歩く。内海だから海が荒れることは少ないんで、割とぎりぎりまで家が密集してる場所もある。

年にいっぺんか、2年にいっぺんくらい、精霊が起こす大嵐があるらしいけど、俺はまだそこまでの嵐には遭遇《そうぐう》したことがない。波がびっくりするくらい高くなったり、海水が巻き上げられるんだってさ。

タリア半島は断崖《だんがい》海岸がほとんどで、砂浜は少ない。石がなだらかなとこも少なめ。というか、砂とか土とかじゃなくって、石な地形なんですが、旅人の石の埋まる隙はありますか？

『この辺にエトルって呼ばれる人の住んでたとこありますか？　もしくはエトルを知ってるひといる？』

手っ取り早く、精霊たちに聞く。

『しらなーい』

『誰～？』

『もっとパポナちゃんのいる方じゃない？』

『パポナちゃんか～』

『あの沈んだやつ？』

『パポナちゃんに沈んでるのがそんな名前だった～』

『あっちだ～』

『あっちだね～』

『ありがとう』


パポナって誰!?

いや、沈むって話からすると海か湖か川か……。一応海岸線を指差してたので、たぶん海。指差して教えてくれた方向に、岸壁《がんぺき》沿いを歩く。

道なき道だけど、迷いそうなんで。途中パポナの場所を精霊たちに聞きながら移動。

また沈んだ都市だけど、大丈夫です、今度は復活させません。人様の土地だし！　ここら辺の決まりでは、陸から見える範囲の海はその国のものみたいだし。

というか、遠い！　精霊からの答えに、もうすぐとかそんな言葉がいつまで経っても出てこない。これは走るより【転移】で移動して、それで指差す方向が変わったら、変わる前との中間地点に戻って始めた方が効率よさそう。

そういうわけで【転移】。それでも距離が足りなかったらしく、北を案内される。結局パポナちゃんの場所は、タリア半島の北南半分の地点でした。南端から始めたんだけど、歩いても走っても2、3日しないと着かないね！

というか、俺が以前に火山灰を集めたとこの近くだね！　そうだね、街が海に沈む理由って、火山の噴火とか地震の地滑りとかだよね！

……くっ。

俺にレッツェくらいの思慮深さがあれば、こんな長距離移動しなかったのに。

探していたパポナちゃんは、結局湾《わん》だった。で、予想外にパポナちゃんが広いんですけど。あと街の明かりがいくつか見える。街の近辺だったらちょっと面倒くさいかな？　いや、海の中を行けば気がつかれないか。

『パポナちゃんいますか？』

『いるよ〜。だってここがボクだもん〜』

呼んで返事が来たら、がっつり魔力を持ってかれるっていう罠《わな》が。契約状態になるなら、せめて対面してどんな相手か確かめてからにしない？

海面が盛り上がる感じで登場したのは、女の子の姿をした精霊。髪が昆布《こんぶ》みたいにうねって、下半身ともども海面に溶けている。

『このあたりにエトルゆかりの何かが沈んでるって聞いてきたんだけど、案内してくれる？』

『いいよ〜』

とぷんと海に帰ったパポナちゃんを追い、いつもの空気の玉を精霊に頼んで海に入る。

姿が見えないんですが。海というか湾と同化？　困ります。

『こっちだよ〜』

海の中に白い泡《あわ》が立つ。それを追って、海中を進む。青白く見える海、海底は茶色っぽい藻《も》に覆われて、海藻《かいそう》の類いは見かけない。時々貝殻《かいがら》の白さが目に飛び込んでくる。

『ほら、このへん〜』

大量に気泡が海底から上がり、堆積物《たいせきぶつ》が払われ、出てきたのは見事なモザイク。そして、崩れた建物、白い大理石の石像。

『おお』

なかなか幻想的……いや、藻の残ってる石像怖いな？

『パポナちゃん、ここに住んでた人が持ってた『旅人の石』って知ってる？』

『ボクしらな～い』

白い泡がぼこぼこと踊る。

『じゃあ、ここで石のついた、持ち歩けるような装飾品を集めてくれる？』

『いいよ～、ボクの中に入る子に頼んでいい？』

『うん』

そして持っていかれる魔力。

これは俺が許可したことだし、当然だけど。パポナちゃんもセイカイの眷属で、セイカイよりは小さい存在。人間にとっては十分大きな存在だけどね！

この周辺にいるパポナちゃんの眷属はもっともっと小さいけれど、代わりにたくさんいる。

それはそうと、藻の精霊に働かせるのやめてください。怖いです。

金の指輪がいくつか。石のついてないネックレス。ルビーのついたブローチ。――全部違う。

というか、廃墟《はいきょ》の規模に比べて少ない？　かな？

『どうする〜？　ここを探すの〜？　海底のものが波に巻かれて運ばれてくとこってここじゃないよ〜？』

早く言ってください。

大きなものはここに留まっているけれど、小さなものは波に攫われて――特に嵐の日には根こそぎ持っていかれるらしい。

で、もう少し深いところ、暗い窪《くぼ》みのある海底に移動しました。そこには金銀財宝が……と言いたいところだけど、埃のように灰色の砂が溜まっていてよくわからない。

『ばふっと表面の堆積物、吹き飛ばしてくれる？』

『いいよ～』

『いいよ～』


パポナちゃん以外も泡の精霊が手伝ってくれる。

姿を現したのは金銀財宝と鍋なんか。陶器なんかは割れた状態だね、海底を転がることもあるだろうし、まあしょうがない。


『もらっていい？』

『～～～』

『～～～～～』

『～～』


ここにものを集めた波の精霊たち。

巻き上げる海水の精霊、掬《すく》い上げる海流の精霊、冷たい流れの精霊とか。好きで集めているのか、偶然集まっちゃったのかわからないけど、一応声をかけたら、どうぞどうぞと言う。

『ありがとう』

【言語】さん便利だなぁと思いながら、窪みに降りて、こんもりとした堆積物を漁る。

俺の周囲でも、精霊たちが持ち運べるようなものを引っ張り出して、見せに来てくれる。

そして、たぶんこれだろうという石を連ねたブレスレットをいくつか。みんな石が微妙に違うんだけど、形は一緒なんでたぶん？

丸く磨かれた不透明な石が、大小交互に細い銀っぽい鎖《くさり》に通されて連なっている。淡い緑から深い緑、黄色味が強いものから黒味が強いもの。白っぽい縞、鱗のような模様。そして緑に紫のまだら。

『ボクその石知ってる～。沈んじゃった国でとれる石～』

『さっきのとこ？』

パポナちゃんの言葉のニュアンスが微妙に違う気が。

『うんうん、違う～。でもそこから逃げてきた人が、さっきの街の人にあげた石～』

『逃げてきたのか』

『黒いのに追いかけられてたよ～。黒くなっても『王の枝』だね～いっぱい精霊が集まって、黒いのが大きくなっちゃった。その黒いのがどっちも沈めたんだよ～』


こわっ！

どんな『王の枝』だったのかわからないけど、全てを海に沈める系なのか。しかも国が滅びても、その国の人を追い回すとか。というか、エトルの人はとばっちりを食らってない？

うちのエクス棒、大らかでよかった。


『どんな国だったの？』

『知らな～い、ボクの外だもの。ここに入った時のことしか詳しくないんだ～。風の精霊が話してることくらいしか聞けないからね～。ボクもボクに入ってくるモノにしか興味ない～』


パポナちゃんが言う。

狂った『王の枝』のこと、もう少し精霊図書館で調べてみようか。この緑に紫のまだらの石が採れる、今はもうない国もちょっと気になるよね。他の『王の枝』も見たい気はする。

どっかの王様の即位式でも狙ってみようかな。即位式には『王の枝』のお披露目《ひろめ》があるとか猫船長が言ってたはず。

とりあえず今日は、エトルの旅人が身につけた『夜の安全を守る石』ゲットだ。夜を歩く時のお守り、見えない危険からの守護。

綺麗な石だけど、透明度はなく宝石ではない。小さな蛇《へび》の姿をした精霊が眠っている石。


島の塔に行って、コレクションルームの棚に収める。

これだけだと寂しいから、なんか縁のある本とか代表的な置き物とかも拾ってこようかな？　それとも小さなディスプレイケースでも作ろうか。

四角く区切られた棚は、旅人の石を収めるには大きい。ドラゴンの鱗とかは格好よく飾れたと思うんだけど、どうしようかな。

置き場所を決めて持ち出すのが面倒になる前に、ハウロンにも見せに行かないと。楽しみにしてるようなこと言ってたし。

深夜。

せっかくなので塔の風呂に浸かる。月が煌々《こうこう》と照っているので見える星は少ない。凪《な》いだ海に映った光がゆらゆらと。

桃を剥く。

カシッと齧る硬い桃も好きだけど、今日は柔らかな桃。皮はぺりぺりとすぐ剥けて、一拍置いて汁気が滲《にじ》んでくる。そこを大口を開けてがぶっと。口の中に果汁が広がり、柔らかな果肉が甘さを主張。汁が垂れるけど気にしない！　だってここは風呂だ。

塔の上には青い薔薇が満開。薔薇の間に名前を知らない小ぶりな花が揺れている。

『青の精霊島』は、青い布と青い花の溢れる島というコンセプト。白い花も、ピンクの花もあるけど、目立つ場所には青い花が植えられている。俺の塔も青い薔薇と少し紫がかった藤みたいな青い花が咲いている。

うん。季節を無視してこぼれるように咲いている。四季咲《しきざ》きって1年中満開で咲いてるわけじゃないよね？　咲いてるの？　まあいいけど。

桃を食べ終えたら月を眺めながら、スパークリングの白ワインと洋梨のシャーベット。いい夜だ。

風呂から上がって、ついでに夜の島を散歩。

店が閉まっている遅い時間に、観光客の姿はない。防犯の意味もあって、店の閉まった夜中に観光客が出歩くのは遠慮してもらってる。

いい酒を置いているせいで酔っ払いが大量発生するので、それは宿屋内に留めておきたい何か。住人はさすがに夜の街が珍しいってこともないらしく、人気のない街に水路を走る水の音が響く。月の光が水を黒く光らせ、石畳と石の壁を青白く見せている。

その中をそぞろ歩く。

月光の精霊たち、夜のしじまの精霊たち、花の香りの精霊、夜の帷《とばり》の精霊、あふんの精霊。

いや、あふんはいいです、お仕事ご苦労様です。俺は怪しい者ではないので、見に来なくていいです。

足早《あしばや》に街中を離れる。もっとこう、ゆっくり見せてくれ。静かなとこに行こう、静かなとこに。

「……？」

そう思って歩いてたんですが、もっと酷いところに到着しました。

鉄の格子《こうし》の向こう、なんか影がすれ違うたびカキンカキンチンチンと鳴ってる。島の畑、本当にチェンジリングたちの修行《しゅぎょう》の場になってた。

見なかったことにしよう。

「我が君」

踵《きびす》を返したタイミングでにこやかにアウロ。

いつの間にそばに来たんですか。そしてなぜ、草を指に挟んでるんですか？　こんな時間に草取り？

「こんばんは。怪我《けが》はしないようにしろよ？」

「そこは心得《こころえ》ております。職務を休んだ者は、我が君のくださった菓子を食べられないことになっておりますので」

さも当然みたいな顔をして説明してくれるアウロ。

どういう心得方なんだ？

「まあ、菓子を渡しておくので補充しておいてくれ。明後日《あさって》ごろ改めて顔を出すので、ソレイユにも伝えておいてもらえると嬉しい」

アウロに菓子の袋を渡す。

人数が増えてきたせいで菓子の量が増えて、若干サンタというか大黒様《だいこくさま》というか、イケメンが愉快な絵面《えづら》になってるけど。

「あっ！　貴様《きさま》……っ！」

「深夜ですよ」

シュッとキールに向かって何かを投げるアウロ。

手に持ってた草？

「ちっ！」

キールが飛ばされた草を叩き落とす。草で。

いや、なんか草にあるまじき速さと音が出てない？　気のせい？　もしかしてこの戦い、草取りを兼ねている？

「こちらは我が君が従業員一同にくださったもの、横領はしませんので安心してください。大半が甘い香りのものですしね」

アウロは甘いモノについては、守備範囲から外れている。

食うけれど、そう好きではないのだ。

菓子の横領というのも変な言葉。でも大真面目にやりとりしてる2人。そして鉄格子の向こう側から、他のチェンジリングも無言で見ている気配。殺気に近い気配の原因が菓子なんですが、どうしたら。

「じゃあ、また明後日」

ぶん投げて山の『家』に【転移】した俺です。


そのまま眠って、起きられないかなとも思ったけど、夜明けと共に目が覚めた。リシュの散歩の時間はどうやら体内時計に組み込まれているみたい。

「おはよう」

わしわしと撫でて、着替える前にリシュの水を新しくする。

着替えて牛乳を飲み、散歩に出発。朝霧《あさぎり》の中、山の様子を確認しながら歩く。時々精霊たちの悪戯の跡にびっくりすることもあるけど、広葉樹の美しい山だ。実の生る木や草もある。

とてとてと走るリシュの後ろ姿。尻尾も後頭部も可愛い。

水辺のイシュに挨拶し、朝の光と戯れるミシュトに手を振る。果樹園と畑ではカダルとパルに会い、土や木々の話をする。

朝食後にはヴァンが現れ、剣の稽古に付き合ってもらい、それを眠そうな顔で眺めているハラルファ。

夜になればルゥーディルが陰に佇《たたず》む。——寝室は遠慮してもらってます。

姿があっても、なんか存在感が希薄な時は話さないことも多い。たぶん自分の本性を出してる時というか、眷属たちと繋がって個としての意識が薄い時なんだろうね。

そういう時は俺の方も挨拶しない。話しかければ存在感が戻ってきて、普通に会話が始まるんだけど。

神々との交流は不思議な感じだ。


『標べ石』

『サンストーン』

『青い円環』

『ムーンストーン』

『旅人の守護石』

そして今回の『夜の安全を守る石』で6つ目。

残るは、クリスドラムの船乗りたちが使った、正しき道を指す『青光石』と、放浪の民アトラスが身につける『不透明な水色の石』。

『旅人の石コレクション』の記述通りならば、放浪の民アトラスの旅人の石は「不透明な水色」だ。

海に沈んだ国とか、移動してる民ってことで、エトルの民に旅人の石をあげたのはアトラスだと思ってるんだけど、正しいかな？

でも、放浪の民アトラスがエトルにあげた紫まだらの石は、アトラスの旅人の石ではない。色が違いすぎるからね。

エトルの街が沈んだ海底で色々拾ったけど、水色の石はなかった。

パポナちゃんの話だと、放浪の民アトラス——仮定——は、黒く染まった『王の枝』に追われて移動していたっぽい。探すべきはどこだろう？

とりあえず精霊図書館で、水に沈んだ国だか街だかを調べるところからかな？

エトルの『夜の安全を守る石』は、他が揃ってからハウロンに見せよう。旅人の石を教えてくれたレッツェにも。

でも今日はお菓子を作る。

島のお菓子は、毎回日持ちする焼き菓子ばかりなんでたまには。すぐに食い尽くされるようなので、日持ちさせても意味はないんだけど。

明日はソレイユに会うし、ついでといってはなんだけど、契約外でもボーナスがわりに。

そういうわけで、シュークリームの皮を焼き上げた。冷めたところで半分より少し上を切って、中にバニラビーンズたっぷりのカスタードを詰め、真ん中に苺をずぼっとして、生クリームを絞る。切り落とした上の部分を蓋のように載せて一旦終了。

同じように作業して、全部並べたら粉砂糖を振って出来上がり。

で、苺といえばアッシュの分。

こっちは半分に切った苺の断面が見えるように、生クリームの周りにぐるりと飾る。もう1種類、苺のチーズケーキを詰めたような感じのもの。どっちも仕上げに粉砂糖。

よし、容れ物に詰めて準備完了。

夕方というには少し早い時間。

「配達でーす」

そう言って、まずレッツェたちの貸家の居間に置く。

籠は2つ。シュークリームが並んだ四角い浅い籠と、パンの入った籠、どっちも埃除《よ》けの布を被せてある。なお、誰もいない模様。

約束してないしね。約束があるのはアッシュの家とディノッソの家。ここはついで配達。

ディーンが肉肉肉、パンパンパンみたいな食生活なんで、持ってきたパンの量は多め。で、野菜たっぷりポトフを壺《つぼ》にどん。壺は料理用で、そのまま暖炉に入れて温める。

次。

「配達でーす」

「いつもありがとうございます。どうぞ」

執事がパンの籠を受け取って、招き入れてくれる。

最初は勝手口から俺が入るのに抵抗があったみたいだけど、今は慣れたみたい。執事としてはちゃんと玄関で迎えたいんだろうけど。

アッシュの家には3、4日に一度パンを届けている。大抵朝ご飯に間に合うように届けるんだけど、今日は別。

「ジーン」

「お邪魔します」

今日は、魔の森の奥に行っていたディノッソ一家が戻ってくる。――というか、もう戻ってるのかな？　食料がないことはないだろうけど、俺が夕食を持っていくことになっている。

子供たち3人の冒険者修行のために、一家で迷宮に行ったり、魔の森に行ったり。最近は子供たちも色々学んで強くなったので、割と深いところに行ってるみたい。おかげで留守がち。

子供たちと仲がいいアッシュも一緒に行くことになっているのだが、その前にお茶。

「国は落ち着いた？」

「うむ。小休止というところだ」

アッシュは国を出ているが、故郷と友達のためにカヌムからできることをしている。平和なら必要ないんだけどね、最近までシュルムが中原のあちこちにちょっかいかけてたから。

今はローザ一味をはじめとする亡国《ぼうこく》の人たちと、いくつかの周辺の国が、逆にシュルムに戦を仕掛けてる。だから西寄りは騒がしいけど、その他の地は一息つけたみたい。

シュルムがちょっかいを出さなくても、中原は小国同士の小競り合いが日常茶飯事《さはんじ》なので、完璧に平和ってわけじゃないけど、平和。

「よかった」

短いやりとりで国の話題は終了。

俺があんまり国同士のいざこざとかを好きじゃないのを知ってて、そしてたぶん俺の力を当てにしないようにかな？　アッシュはあんまりこの話題を出さない。

「どうぞ」

執事がお茶を出してくれる。

「ありがとう。これアッシュの分のお菓子、夕食前だけど先に渡しとく」

シュークリームの入った籠をテーブルの中央に移動して、かけてあった布を取る。

「む。この香りは」

布が空気を動かしたのか、微かに苺のいい匂いと甘い香りが漂う。

「相変わらず見た目も美しい。でも、食べてしまいたい気持ちに抗《あらが》いがたい」

華やかに飾られた苺のシュークリームを覗き込んでアッシュが言う。

「ディノッソ家にも少し違うシュークリームを持ってきたんで、食後にもあるよ」

「む……。悩ましい」

怖い顔、怖い顔になってますよ！！！！　甘味で悩む乙女《おとめ》、乙女！！！　しっかり！！！

アッシュは眉間の皺を深くして、口元を引き結び、断腸《だんちょう》の思いの様子でシュークリームをあとにした。――今、シュークリームは俺の【収納】に入っている。

折衷案《せっちゅう》というか、妥協点というか、作りたてに近い状態で食えるように明日改めて渡すことになった。

シュークリームで、アッシュをここまで悩ませることになるとは思ってなかった。お菓子に対する情熱の差を見誤《みあやま》りました。

カヌムの俺の家を通り抜けて、ディノッツソ家へ。玄関の扉をコンコンと叩く。実はノッカーがあったりするのだが、未だ使い慣れない。

「いらっしゃい！」

「いらっしゃいー」

「いらっしゃい～」

子供たちが迎えて、手を引いて中に入れてくれる。

「おう！　待ってた、腹減った！」

笑いながらディノッツソが言う。

「いらっしゃい」

シヴァが奥から顔を出す。

「お邪魔します。これは明日食べて」

ディノッツソにパンとハム、卵を入れた籠を渡す。

「おお。いい匂いだ」

受け取ったディノッソが埃除けの布をめくると、焼きたてのパンのいい匂いが漂う。

「いい匂い！」

「お腹が減った」

「減った～」

籠は子供たちの手に渡り、最終的にシヴァに。

「こちらはアッシュ様から。食後のお茶は私が用意いたしますので、お湯をお願いしていいですかな？」

執事も何かの包みをディノッソに渡し、同じようにシヴァに渡ってゆく。

見たことがある肉屋の包みだから、中身はちょっといいお肉だと思う。俺は『食料庫』の肉と城塞都市の肉を使うことが多いんで、カヌムの肉屋に馴染みがないんだけど、たぶん俺以外の全員が、推測するまでもなく肉だとわかってやりとりしてる。

「ありがとう、助かるわ。ティナ、エン、バク、お湯の用意を」

にっこり笑って、台所に向かうシヴァ。

「はーい！」

「お水汲んでくる！」

「お鍋でいい？」

シヴァのあとに笑いながらついてゆく子供たち。

ディノッツォはそれを見て笑いながら、暖炉の火を大きくする。

「よし、料理を出そう」

「む……」

【収納】から作ってきた料理を取り出す。

「お？　カレーか！」

アッシュとディノッツォがすぐに反応する。

カレー、こっちになかったけど俺が何度か振る舞ってるから、匂いを覚えたみたい。強いし、間違えようのない匂いだし――衣にカレー粉を入れた揚げ物を出して、ちょっとがっかりされたこともあるけど。

カレー味の何かも美味しいけど、まずはカレーを思う存分食べたいらしい。

「リクエストもらってたからね」

ディノッツォたちが出かける前に、帰ってくる日の夕食を用意すると言ったら、カレーが食べたいと言われた。

なので本日はカツカレー。

ゆで卵とチーズ、小海老、ブロッコリーのサラダ。らっきょう。

ラッシーはどうしようかな？　作ってきたけど、執事が食後にお茶を淹《い》れてくれるならいらない？　いや、お茶はシュークリーム用か。こっち、生水《なまみず》は怖いし、やっぱりラッシーも出しとこう。

「ジーン、ビール……」

こそっとディノッソが希望を伝えてくる。

ラッシーから、ディノッソとシヴァはビール、執事はワインに変更。俺とアッシュ、子供たちはラッシー。

バク以外の子供たちは少し甘め、シヴァは辛め。他は中辛くらい？

子供たちが水を汲んで戻ってきて、また賑《にぎ》やかに。３人で運んできた水を鍋に張ってディノッソが暖炉にかけ、全員が食卓に着く。

「改めてお帰りなさい」

「ただいま」

俺とディノッソのやりとりを始まりに、みんながそれぞれの言葉でただいまとお帰りを口にする。

で、すぐにいただきます。

「は〜。美味い！　家から離れることの何が困るかって、やっぱり食事だな。シヴァの料理は美味いが、外じゃどうしても素材の味に近くなる」

ディノッソがカツとカレーを食べて、ビールを飲んでしみじみしてる。

「私もげんちちょうたつしたのよ？」

ティナが自慢げに言う。

現地調達かな？　ちょっとイントネーションがたどたどしい。

「お姉ちゃん、ドンってしてすごかった！」

「僕も頑張ったけど、あの大きいのは無理だった」

エンとバク。

「へえ、すごかったんだね」

何を狩ったの？

現地調達って、動物の肉か魔物肉かだよね？　きゃっきゃと喜ぶ子供たちに向けた笑顔のま
ま、ディノッソを見る。

「2本ツノの灰色熊《はいいろぐま》」

ディノッソが食いながら言う。

「熊……」

「灰色熊の2本ツノ……なかなかの大物でございますな」

執事が言う。

大物？　お世辞《せじ》？　どっちだ？

俺もたぶん倒したことはあるんだけど、『斬全剣』とか魔法とか、規格外な自覚があるんで基準にできない。

「すごいではないか」

アッシュがカレーを掬う手を止めて、子供たちを見る。

なるほど、すごいんだ。

「ふふ」

アッシュの言葉にティナが照れている。

「食べ終わったら、持って帰ってきたもの見てね？　お土産に好きなの持ってって！」

「色々持ち帰ってきたよ！」

「きっと珍しいと思う！」

どうやら子供たちからお土産があるらしい。

「うむ。食べ終えたら拝見しよう」

そう言ってラッシーを飲むアッシュ。

アッシュはカレーの辛さに赤くなりつつ、ラッシーで誤魔化《ごまか》しながら食べている。それでも甘いやつより中辛がいいらしい。

確かに甘いカレーは別ものな気はするよね。

カレーにワインはどうなのかと、優雅に食べる執事を眺めながらラッシーを飲む俺。酒は飲めるようになったけど、まだ食い合わせというか、飲み合わせというかはよくわからない。でもカレーと冷えたビールは合うような気がする。炭酸だし、以前見たＣＭの映像的に。こっちのビールは常温だけどね、俺が知らないだけで、冷たいのもあるかもだけど。

デザートは苺のシュークリームに、その場でアイス盛り。

「変わった食い物だよなあ。暖炉に当たりながら食うと、すげー贅沢してる気分になるというか、贅沢なんだろうな、これの材料。怖い答えが来そうだから聞かねぇけど」

ディノッソがシュークリームを食いながら言う。ちなみに手掴み。

「うむ」

ナイフとフォークを使って食べているアッシュ。

アッシュはアイスクリームより、ふわふわの生クリームの方が好きなんだけど、シヴァが好きなんだよね。アイスクリーム。

そんなに顔に出ないんだけど、嬉しそうに食べてる。シヴァが喜んで食べてるとディノッソもそこはかとなく嬉しそうなので、アイス盛りにした。ディノッツソ家、お帰りなさいのご飯だし。

アッシュには預かってるシュークリームがあるし。

「ジーン、見て見て。これ、私が倒した熊～」

そう言ってティナが見せてきたのは、たぶん灰色熊の2本のツノ。

頭からハンマーでどんっとやったのかと思ってたんだけど、ツノが無事ってことは、そうでもない？　いやでも後頭部からという線も。

「僕はこれ！　灰色狼《おおかみ》！」

「僕もこれ！　灰色クーガー！」

バクとエンの手のひらに、ティナより小さいけど2本のツノ。

ティナのハンマー、バクの大剣《たいけん》、エンの片手剣。３人は俺が作った武器を愛用してくれてるようだ。

「３人ともすごいな」

エンのツノの1つは豆粒並みだけど、エンには【収納】の能力がある。

能力をつけた精霊は今も肩におり、リスの姿をしている。そのリスと俺の作った精霊剣との相性は悪いわけじゃないけど、両方に魔力を使うのは結構難しい、とディノッツソが言ってた。

なので十分にすごいんだと思う。こう、すごいかどうかを判断する基準を、どこに置いていいいのかはわからないんだけど。

「ジーンにあげる」

そう言って手を差し出してくる3人。

「ありがとう。じゃあ1個ずつもらう」

武器のお礼かな？　ここはありがたくもらおう。

また島の塔のコレクションが増えた。嬉しそうに笑った3人が、今度はアッシュに何か綺麗な石をあげている。

「俺とシヴァからはちょっと珍しい食い物。いつももらいっぱなしだからな。名前は忘れたけど、ラードで炒めると美味いぞ」

ディノッソが話している横で、シヴァが籠を持って微笑んでいる。

「ありがとう。俺としては手料理で十分だけど。——白い？」

シヴァの手料理は美味しいのだ。

「シモフリヘラジカツノですかな？」

籠の中身を見て執事が言う。

「ヘラジカ……」

「そう、そう。そんな名前だったな。寒くて、魔物の多いところに生えるんだ」

シモフリは霜降《しもふ》りだろうか。たぶんこの葉を覆ってる、白い毛のことかな？　形は確かにヘラジカのツノみたいに枝分かれしてて、少し肉厚。

ちょっと食べるの楽しみ。

アッシュを送り、シュークリームを渡して解散。久しぶりに子供たちに抱きつかれて、ディノッソがきーっとしてほのぼのした気分になった。


『家』に【転移】して、暗がりにいたルゥーディルにびっくりしつつ、走ってきたリシュを受け止め、わしわしと撫でる。

俺が『家』に入ると、暖炉のダンちゃんが火を入れてくれる。オレンジ色の揺れる光が部屋を照らす中で、リシュとしばらく遊んで過ごす。

ルゥーディルは光の届かないところまで移動した。リシュが闇《やみ》を司ってるからって、眷属になったルゥーディルも暗がりにいなきゃいけないんだろうか。

ルゥーディル的には、居心地のいい暗がりからリシュを愛《め》でてるんだろうか？

精霊の感覚は理解できないところがあるからなあ。大抵そのまま受け入れてるけど、ルゥーディルが人型なせいでちょっと引っかかる感じ。

さて、明日はソレイユと会って、城塞がくっついたあとの進展を聞いて、それによって用意する苗《なえ》の種類と数を決めないと。

アミジンの人たちも交流してくれるというか、要望があれば色々協力してくれるらしい。彼らの土地側で綿花《めんか》が栽培《さいばい》できそうだって、建国の宴会の時にソレイユが言ってた。

遊牧民だけど、やっぱり定住したい人も一定数いる。女神も狩りと農墾《のうこん》で2人だしね。

クリス像が祀られてるタリアの土地は順調で、青の精霊島と同じくブランド化に成功しつつ、世界にトマトを広げる拠点になってる。かりんとう饅頭ちゃんの問題が片付いたんで、近隣の地域も復活するはずだし。

俺があちこち泊まり歩くためにも、衛生観念と食材は広げないと！　子供たちも頑張ってるし、俺も頑張らないとね。


はい。

滅びの国に頑張りに来ました。

ダメです。

レイスとかいるんだと思ってたんですよ。レイスは幽霊《ゆうれい》だけど、そうじゃなくってゲーム的なこう……。黒精霊の大きなやつなのかなって考えてたんですよ。物理はダメだけど、魔法は効くのかな、って。

ガチで幽霊じゃねぇか！！！！

虚《うつ》ろな目に透ける体、抉られた黒い眼窩《がんか》で床を這う体。音も立てずに壁を抜けて暗がりから近づいてくるモノ、ズルズルとかぴちゃぴちゃとか、小さいくせにやたら耳に届く音を立てて近づいてくるモノ。

船乗りの国クリスドラムは、完全に幽霊王国になっている。石造りの建造物はほとんどがどこか崩れて、濃い霧の中にある。青白い影に包まれたような崩れた都市。

精霊図書館で昔の地図を見つけて、過去には首都だったっぽいところに来た。他の街やらは場所が曖昧だけど、首都は島に切れ込みが入ったような湾の先。湾から大きな川を少し遡ったところにあって、位置がわかりやすかったんで。

昔とは島の形自体が少し変わってるみたい。俺の持ってる地図では、滅びの国って西側の一部しか詳しく出ないから、昔の地図と全体は比べられてないけどね。

湾に近いとこにも幽霊っぽいのはいたんですよ。でもそいつらは彷徨ってるだけな感じで、ああいるなって。黒精霊やら何やらで、ちょっとファンタジーな存在に慣れてたんで、話はなんとなく聞いてたし、そんなに驚かなかったんだよね。

でも、その姿で向かってこられると、どうしていいかわからない。勢いよく襲ってくるなら俺も勢いで返すんだけど。

よく見ると、幽霊たちには黒精霊が憑いている。魔の森の黒精霊がさっさと体に入り込んで、少しずつ乗っ取ってくのとはまた違うようだ。

ここの黒精霊はむしろ幽霊たちより質感がある。ねっとりとした密度の濃いモノが絡みついている。

――体がない幽霊相手だと、外から飲み込んでくの？

ひっぺがしたら手にくっつきそうだ。幽霊ごと従えるのもイヤすぎる。魔の森の黒精霊には恨《うら》みやら痛みやら悲しみやらが感じられたけれど、これは無機質でどろりとした何かだ。

ちなみにここも『王の枝』の元で繁栄し、誓いを違えて一夜にして崩壊した国だそうです。

怖い、怖いぞ『王の枝』！

ここの黒精霊を下《くだ》して使うのは嫌だし、かといってここで精霊に頼みごとをした日には、黒精霊＝幽霊たちが精霊を取り込もうとして集まってくる。

『旅人の石』集めは娯楽《ごらく》なんですけど……っ！　いやでも、娯楽だからこそ真剣に……っ！

探しものとかの目標があった方が世界を見て回れると思ったんですよ！　実際、『旅人の石』の興味がなかったら、好んでこんなところに来ない！

『青光石』どこ……っ！

……逃げ帰ってきました。

あれです、『青光石』は使用目的的に、たぶん造船所があった場所とか、船が沈んでそうなとこにあるんじゃないかなと思う。

滅びの国の周囲の海って、真っ黒いんだけど、それ黒精霊なんだよね。海の中でなんか揺れてて、昆布かワカメかと思ったら、ヘドロのように海底に溜まった黒精霊から腕みたいなのが何本も伸びて揺れてた。

無理！

で、考えた結果、城の宝物庫に行ってみようかと。それでダメなら、クリスドラムの船乗りたちの主な航海ルートを調べて、なるべく離れたとこの海底を調べようかなって。

でもそれは逃げてる気がするので、とりあえず宝物庫にチャレンジする！

そういうわけでまずは準備。

一応、精霊の直接的な手助けがなくても、契約精霊がたくさんいるおかげで自力で魔法が使えるんだけど。「魔法」が使えるというか、その事象が起こせるというか。うん、精霊が魔法を起こすのと同じことができる。

でもそれは内緒《ないしょ》というか、最終手段というか、レッツェたちに心配かけるし、たぶんハウロンが倒れるし、ちゃんと人間らしく準備するよ！

まずは手を貸してもらう精霊の安全確保。持ち歩きやすいもので、精霊の居心地がよさそうな――ああ、これでいいか。

目に入ったのはランタン。『精霊灯』は寝床にするくらい居心地がいいようだし、基本の形はランタンでいこう。

まずはガラス部分かな？　球形は精霊が好むけど、呼び込むのに魔法陣を使っている。球形のガラスじゃなくって、丸い宝石がいいのかな？　なんの細工もしなくても精霊が住み着く確率が高いし、居心地がいいはず。

ガラスより硬いものも多いし。ということは、まずは拳大《こぶしだい》くらいの宝石を手に入れるところからか。水晶とかでもいいかな。

とりあえず砂漠か海で、持ち主のいない大きめの宝石を拾ってくるところからだな？　採掘に行ってもいいけど。

子供たちにやる気をもらって、その足で行くのは間違っていた。【転移】があるからと気楽に考えすぎ、反省反省。

次はちゃんと準備していこう。

ところで幽霊が一番弱りそうな、朝日の時間帯を選んで行ったんだけど、あそこは日中も暗いんで関係なかった。24時間丸ごと幽霊の国って感じだった。

あそこの幽霊のいいところは、どうやら島の外には出られないってこと。逃げてからも憑いてきてるんじゃ？　ってドキドキしなくて済む。

さて。3時にはソレイユと会って、お茶をしながら打ち合わせする予定なんだけど、昼食べてないや。どうしよう、時間が微妙だ。

今までは行った先で風景を見ながらお弁当を食べてたのに、さすがにあそこじゃのんびりする気になれなかった。

お弁当はまた外出した時に食べるとして、お茶漬けでも食べとこうかな。鮭焼くの面倒だし、簡単に。

ご飯に刻んだたくあんと大葉《おおば》、塩昆布、胡麻。――あとでアラレを作ってみよう。これに温かい出し汁をかけてさらさらと。

出汁とほどよい塩味、荒めに刻んだたくあんは、さらさらいくのを邪魔しないけど、いいアクセント。

ちょっと食べ足りないけれど、腹塞ぎにはなった。あとは時間までちょっとダラダラしよう、朝っぱらから心臓に運動させたから、ちょっと落ち着かせないと。

ソファに寝転がって、本を読む。ナルアディードと北の大地で出回ってる、伝承やら伝説の書かれた本の読み比べ。伝わるうちに内容がどう変わったかとか、変わった理由は何かとか。

中原の文化の中心地で手に入る本とも比べてみたいんだけど、勇者召喚の国なもんだから、近づきたくない問題。

ソファの座面はベッドより低いので、床にぺたんと伏せてあぐあぐと綱を噛んでるリシュが近い。後ろ足を伸《ひら》ばしてぺたんと伏せている。

片手で本を支えて、もう片手でリシュを撫でる。うちのリシュの頭の毛はぽわぽわ。

落ち着いた時間を過ごし、ソレイユと会って真面目な話。

ソレイユの執務机の上にはアミジンの土地の地図と、復活した城塞の間取り図。どっちも精巧。

適切なタイミングで資料を広げるファラミアは、ソレイユの斜め後ろが定位置。アウロは俺の横寄り、キールは防衛関係の話の時は身を乗り出してくる。

アミジンにもアフン防犯設置の要望。この島にもどんどん増えてて、足の踏み場に困ることがあるんですが？

あとで他の音にできないか、パウロルお爺《じい》さんに相談しよう。

「――では、アミジンで栽培するのはこの3種類を中心に。アミジンの民たちとの関わり方は、定住を希望する者は受け入れて、作物を育ててもらいます。遊牧を選んだアミジンの民たちからも、ニイ様の役に立ちたいと重ねて申し出を受けてるわ」

ソレイユが続ける。

土地の契約の時に、アミジンの女神様出てきちゃったしな。頼んだ塗料《とりょう》になるベリーは——というか、獣脂《じゅうし》を混ぜた塗料自体をアミジンの民たちが用意して、あの女神の洞窟の絵や模様は鮮《あざ》やかになぞられ、描き足されているらしい。

ただ、女神の石柱に触れるのは、女神の言ったように夏至《げし》の日に限ることにしたようで、石柱の模様は手付かずだそうだ。

民の中から何人か選んで、夏至の祭りで鈴の音を響かせながら、その人たちに模様をなぞらせる予定らしい。選ばれた人たちは、夏至の日まで魔力を高める何かをして過ごすそうだ。

コカの葉とか大麻《たいま》とかそっち系じゃないよね？　トリップ系シャーマンは勘弁《かんべん》して欲しい。

「あそこの女神は豊穣を司ってるし、祀ってくれてるだけで十分役に立ってくれてるけど」

ただ、精霊頼みだけで進むといろんな意味で崩壊する。

その辺は現実主義というか現金主義というかのソレイユが、色々環境を整えてくれそうだけど。ファンタジーに商売という現実が入り込むというか、ずっとだらけているのは許さないというか、できる範囲で働いてなんぼみたいな。

「女神の復活は偶然かもしれないけれど、契約で分割した土地に出入りを許可したことにはだいぶ感謝しているの。アミジンの民は織物が得意なので、放牧を選んだ民にお願いすることにしたわ。その前にまず、旱魃で減らした羊の数を増やすところからね」

うきうきと楽しそうなソレイユ、むちゃくちゃ忙しそうなのに元気だ。

アミジンの織物は羊毛で、島の青い布とはまた違う。平織《ひらおり》の丈夫な布は絨毯と異なり、毛足はない。鮮やかで細かいんだけど、集落や家単位で受け継がれてる模様がある。

模様は模様でもモチーフには意味があって、言葉だ。

だって働き者の【言語】さんが読めるんだもん。模様は綺麗なんだけど、油断すると経文《きょうもん》みたいに見えるんですよね……。困る。

「大体こんなとこかな？　まだ旱魃の影響が残ってて土地が弱ってる。周囲より回復は早いだろうけど、野菜と果樹を育てるのは無理せずゆっくりで」

タリアとかマリナでも畑がダメで、一時的に他の仕事を探している人が多い。そういう人たちを雇《やと》って人海戦術をして、住居だとかインフラだとかはすでに整いつつあるそうだ。

早すぎてびっくりなんだけどって言ったら、いきなり城塞が復活するより遅いから……って目を逸らされた。

「さて、じゃあ食堂へ行こうか」

打ち合わせの前に、シュークリームのことは伝えてある。

生菓子なんで、今日中にって。島は水路が巡ってるんで、ナルアディードとか周辺に比べたらすごく涼しいんだけど、さすがに【収納】から出すのはギリギリにしたかった。

で、配るのは食堂が妥当だろうって。従業員用の食堂もあるんだけど、今回はソレイユが賓《ひん》客《きゃく》をもてなしたりする広い食堂。

そこで食べるんじゃなくて持って帰ってもらうんだけど、長く繋げたテーブルがあって並べるのに便利だから。

ちなみに城で働く人たちは賄《まかな》いつきで、手すきな時に食堂に行って食べる。接客とか掃除とかする非戦闘員さん用と衛兵さんたち用とか、食堂はいくつもある。

なにせ部屋はたくさんあるから。こう、掃除してる時間が一番長いんじゃ疑惑。使ってない場所いっぱいあるよ！　玉座《ぎょくざ》の間みたいな、無駄《むだ》に荘厳な音楽が流れるとことか！

こっちの世界、１日１食から３食おやつつきまで食事の回数が幅広いんだけど、住み込みの従業員は大体２食が普通みたい。

体を動かす労働者がたくさん食べて、体を動かさない階級はあまり食べない、食べないことがステータスっていう時代もあったようで、食事回数の考え方は人それぞれ。

今は紅茶に砂糖やらチョコレートやらが入って、おやつを食べることがステータス！　が文化先進国上流階級の流行りだそうです。

うちの城の食事はスープかシチュー、チーズとパンはいつでも。朝と夜の決められた時間は、それにおかずが1品つく。あとは金を払えば追加方式にしてある。

希望者には、給与を抑える代わりに食券が渡されている。食券では、菜園《さいえん》の野菜や果物を使った料理が食べられる。

最初、食券はチェンジリングだけの予定だったんだけど、普通に人間の従業員も選んでる人がいるんだよね。

天井の高い廊下《ろうか》を歩き、食堂へ到着。アウロが扉を開けてくれる。

そして流れるように閉めて、最後を歩いていたキールを締め出す。

「おい！　アウロ!?」

「我が君のせっかくのご厚意《こうい》の品が、足りなくなると困りますから」

扉の外で騒ぐキールを無視して、俺に笑顔を向けてくる。

「キール、ニイ様が出したら、許可が出たものにしか触れないと約束を」

ソレイユが扉に向かって話しかける。

そっとこちらもキールがお菓子に手を出さないか疑っている気配。いや、入室できるよう助け舟？　菓子に対して信用のないキール。

まあいいや、扉越しの攻防やってるうちに並べとこう。

出すのはシュークリーム、コロッケパン、ホットドッグ、サンドイッチ、おにぎり――【収納】してあるもので、とにかく持って帰れるサイズの食い物。

シュークリームと好きなもの1つを持って帰ってもらう。甘いものが苦手な人も、他の人と交換できるように急遽《きゅうきょ》。配るのが夕食どきになったっていうのもあるけど。

迷宮に行ったり、外で食べることも多かったので、種類は揃えられないけど数は確保できる。

時間経過はないとはいえ、この辺で【収納】内の食べ物の入れ替えもしたいし。

「こちらは目も鮮やかな……苺でしたか？　甘やかな香りがしますね」

そういうアウロは甘いものは得意でない。

でも最初から予定していたシュークリームは、数がちゃんとあるので並ぶと壮観だ。色的にも可愛いし。

「く……っ」

どうやら並べられた食品に手を出さない条件を飲んで、部屋に入れたらしいキール。

そして並んだものを見て、ぐっと歯を食いしばっている。下げられた手の指先がソワソワ動いてる。

我慢が利かなすぎじゃないか？　大丈夫か？　最後までもつ？

「すごい、綺麗ね」

シュークリームを前にソレイユ。

すみません、それの飾りつけだいぶ手抜きしています。アッシュに出したのと、味は変わらないと思うけど。

でもまあ、クリームの真ん中に苺が載ってて、その苺に斜めにかけられたシュー皮の帽子、たくさん並んでると壮観かな？

そしてやってくる従業員。それからカオス。

うん、知ってた。

「おお!?」

「クリームの味がようやくわかる時が……っ！」

「パン、これパンでしょ!?」

「食堂の料理もほんのり味がして天国だけど、領主様の料理はさらに……っ！」

「美味しさが違う！　他じゃ絶対食べられない！」

こういうセリフを聞くと、チェンジリングのためにもっと味のする食事を提供したくなる――最後のセリフ、人間だな？

まあうん、食事が美味しいと嬉しいよね。社食、もうちょっと頑張ろうか。アミジンで色々採れるようになったらマシになるはず、島よりはるかに広いしね。問題は薪かな。

「貴様ら！　その場で食うな、持ち帰れ!!　1人1つだ！」

青筋を立てながら人を捌くキール。

「多く取った場合は、以降、我が君の菓子はなくなりますよ」

笑顔で脅《おど》しながら従業員たちを見守るアウロ。

「菓子1つ、他にこちらから1人1つ。退出後の奪い合いは業務に支障がない範囲で」

……奪い合いはいいんだ？

「ご安心ください、建物や調度品に傷などつかぬよう行いますので」

「人間は希望しない限り対象じゃない」

微かな微笑みのアウロと、仏頂面《ぶっちょうづら》のキール。

いや、そこなのか？　これ、おやつで殺し合いに近いことやってない？　気のせい？　何か壊れることもないし、人死《ひとじに》もないならなかったことでいいのか？

「おお、我が君！　我が主君！　未だ同じ高みには至れず、不甲斐《ふがい》なき身に修行の機会を与えてくださり感謝します！」

なんか無駄にハキハキしたのが来た。

「修行……？」

「はっ！　必ずや我が主君のおそばに上がれるよう、精進《しょうじん》いたします！」

ハキハキ言って、そのままシュークリームとおにぎりを持って部屋を出ていった。ソードマスターの人だよね？　あれ。たぶん。

修行ってなんだ？

「ふふふふ～。キールは参加できないのね、残念～無念～？」

赤毛のメイドがシュークリームを片手に踊るような足取りでやってくる。

「く……っ」

ギリギリと悔《くや》しそうなキール。

ああ、シュークリームと料理が載ったテーブルの見張りをやってるから、争奪戦に参戦できないのか。

アウロの方は特に気にしてなさそうだが、キールは割と好戦的だ。かかってるのがお菓子だからかもしれないけど。

「一応伝えとく。忠義はないけど、この場所を守るためには頑張っちゃう。大船《おおぶね》に乗った気でいて」

目が合った瞬間、おちゃらけているマールゥの一瞬の真顔。

――待ってくれ、前提として何と戦うつもりなんだ？　アウロもキールもそうだけど、仮想敵は何!?

もしかして、島の初期に、俺がいざとなったら見捨てて逃げるとか言ってたせい？　あの頃は金になる目新しいことをしたら、周囲の領主や商売人たちに乗っ取られる的なことを思ってたのは確かだ。

確かだけど、俺がさっさと逃げれば、島の商売は住民ごとそのまま引き継がれて無事だろうとも思ってたんだけど。

だいぶもう戦力過多というか過剰防衛な島になってない？　気のせい？

「さて、さて。バルトローネ君のシュークリームも私がもらっちゃう」

マールゥがにししと笑いながら、キールの前で一回転して部屋を出ていった。

バルトローネってさっきのソードマスターの名前だな？　名前なんて完全に忘れてたけど雰囲気的に。チェンジリングの菓子争奪戦に混じってて、それが修行って話か。

「……ぐぬ」

「行きたいなら行ってきていいぞ。そんなに混乱ないみたいだし」

ぐぬぬぬしているキールに声をかける。

「いや、ソレイユから一度引き受けたことだ！　おのれ、マールゥ！」

割と真面目だが、憤怒《ふんぬ》の形相。キール、血管切るなよ？

「沈黙と静寂もまたルールなのですが、バルトローネは五月蠅《うるさ》いのですよね。……ハンデとして多少は見逃しておりますが」

アウロがため息まじりで言う。

俺の知らないところで謎ルールがたくさん生まれてる気がする。夜の菜園の戦いといい、ハウロンが暗殺島って誤解していた理由がよくわかるんで困るんですけど。

基本あんまり表情が動かないチェンジリングたちが生き生きしてるから、多少の誤解くらいいいかとも思うんだけど、できれば物騒《ぶっそう》な印象を助長しないで欲しい。

「じゃあ、あとはよろしく頼もうか。俺は『精霊の枝』に料理を届けてくる」

パウロルお爺ちゃんたちと、子供たちに。

「お任せを。我が君」

にこりと笑って、胸に手を置くアウロ。

「……このテーブルの上のお菓子だけで、土地が異常に高いナルアディードにも一軒家が持てるのではないかしら……？　あの美しい苺1つとっても——今、宿屋に来てるのは海運ギルド長の方ね」

「ソレイユもあとよろしく」

テーブルの上のシュークリームを眺めて、ぶつぶつ言っているソレイユにも声をかけると、ビクッとした。

「え？　ええ、ちゃんと配るわ。大丈夫、横流しは私の分だけに留める」

キールが我慢してるのに、ソレイユがシュークリームをいくつか懐に入れて流しそう問題。

「揉《も》め事のないようにな」

シュークリーム他を賭けた戦闘は、揉め事じゃないカウントでいいんだろうか？　頭の隅でちょっと思いながら、ソレイユに注意して部屋を出る。


行き先は『精霊の枝』。

ドラゴンの荒らした庭は綺麗に戻っており、木々は葉を揺らし、花がそこかしこに咲いている。整えられているけれど、窮屈《きゅうくつ》そうな植物はなく、素直に枝や蔓《つる》が伸びている。

それだけじゃなく、隠すべきところをちゃんと隠してるし、進みたくなる方向みたいな誘導もあるんだよね。

あと、あふん防犯増えすぎ!!

不自然に見えない程度に防犯床を避けつつ、進む。いっそ少し浮いてしまおうか。いや、まだ大丈夫、避ける余地はある。あふんを避けてると、さらに気づきにくい防犯の仕掛けの場所に誘導される。

あふんじゃなければ捕捉されてもいいです。精霊を使った仕掛けに気づき、避けたってことで、たぶん警備さんのチェックどころかもっと厳しい監視下に置かれるんだろうけど、俺は顔パスのはず。

顔パスだよね？

城門を出て水路を兼ねた石橋を渡り、広場に出る。ここはまだ城内で、城壁という名の宿舎や家畜小屋が取り囲んでいる。

そこも通りすぎて、街の広場へ。城の広場と街の広場は、黒鉄の格子門で夜は分けられる。

寒がりの地の民、ワシクが手がけた真っ黒な門。金細工師のアウスタニスが金化粧《きんけしょう》をさせた装飾が美しい。夜、門が閉まる時間には観光客がウロウロしてる。

ワシクとアウスタニスにはファスナーも作ってもらったんだけど、同じものの量産でちょっと躓《つまず》いている。細かいからね！

基本は石造の建物と道の街。でもチャールズが木々や花を配置してくれてるので華やか。この島に住む条件として、水路の掃除やら玄関先や窓辺の花の育成やらを入れてるんで、1人で作業をしているわけじゃないけど、プロデュースは彼だ。

元子爵の庭師で、貴族のお嬢さんと恋仲になって——細部は違うかもしれないけど、派手《はで》な経歴を持ってる。今のところ、特に島では女性関係のトラブルはなし。

広場の真ん中にある『精霊の枝』は、花と緑、水が溢れて美しい。入り口の階段が全部あふん防犯になってるんで入りづらいけど！

「お邪魔します」

声をかけると、２人いる衛兵さんがビシッと姿勢を正す。

手をひらひらとか、いらっしゃいとか、もっと軽くていいんだぞ？

「いらっしゃい！　ニイ様！」

パウロル枝守《えだもり》に——と口に出す前に、案内役の少女が出てきた。

前回とは違う子。交代でやってるのだろう、少年少女の労働時間は短めでお願いします。いやもう他所《よそ》では、これくらいの年齢の子もフルで働いてるけどね。まだその辺は日本感覚が抜けない俺です。

こう、枝守って役職が微妙な気がするから、神殿にしたい気持ちがそこはかとなく。あのハニワの守役《もりやく》って考えると切実に。

元気な少女に案内されて、『精霊の枝』の庭を進む。島は全体的に精霊がたくさんだけど、ここは特に多い。

精霊の枝が３本も置いてあるし、当然といえば当然なんだけど。いや、シャヒラの白黒は２本で１本カウントだろうか。黒精霊避け効果はないけど、精霊はよく寄ってくるね！　ハニワのおかげで夜中の騒音の心配がセットだけど！

「ニイ様、ようこそおいでくださいました」

オルランド君を従えたパウロルお爺ちゃんに出迎えられる。

「ケイトはみんながいる学習室に」

オルランド君が、案内してくれた少女の背中を軽く押して、送り出す。

「ちょっと遅れた、もう子供たちは夕食の時間だな」

つい、シュークリームと料理に対するチェンジリングの反応を眺めて時間が過ぎた。

パウロルお爺ちゃんの住まいに入って、テーブルに料理を出す。俺のお子様が好きな料理のイメージは、ハンバーグ、カレー、オムレツ。

本日は、ハンバーグに目玉焼き載せ、エビフライつき。付け合わせはポテトと甘いコーン、ブロッコリー。

「どんどん運んじゃって」

さすがに子供の前では【収納】を使わない。子供たちへは、「精霊の祝福を受けた料理が振る舞われる」としか伝えていない。

料理や道具に精霊の祝福を願うのは、普通に『精霊の枝』や神殿の仕事だ。このどこから出てきたのか怪しい料理の数々は、オルランド君の手料理ということでぜひ。

子供たちをオルランド君に任せて、俺はパウロルお爺ちゃんとご飯。座布団《ざぶとん》が、俺とパウロルお爺ちゃんの間をウロウロしている。いいからパウロルお爺ちゃんの尻の下に行け。

「ここでの生活には慣れた？」

メニューはクラムチャウダー、焼き茄子、フルーツトマトのマリネ、レンコンとゴボウを揚げたやつ、塩漬け豚の煮込み、パンと赤ワイン。

塩漬け豚って言ってるけど、白ワインやハーブも入った漬け液を使用。豚肉を煮込んだあと、3センチくらいの厚さに切り分けて、オーブンで焼き目をつけたもの。フォークで崩せるほど柔らかく、口の中でほどける。

こっちの世界で知った料理を、塩分控えめに変えて作ったもの。こっち、塩漬けっていうと本当にたっぷりだからね。保存の意味では正しいけど、【収納】があることだし、味を優先したい俺です。

ただ、濃い塩味に慣れてる人相手だと、俺の料理は味がしないってことになる。幸いタリア半島やナルアディードの料理はそこまで塩辛くないし、パウロルお爺ちゃんも肉が入手しやすい魔の森のそばの、アノマの出なので問題ない。

「ええ。教えや術を伝えられる充実と、精霊に仕える喜びに日々感謝しております。ニイ様のおかげで、精霊を見る夢も叶いました」

穏やかに言うパウロルお爺ちゃん。

……仕える喜びって、あのハニワに？　まさか俺以外には別のものに見えて——いや、ソレイユたちの反応からしてそれはない。パウロルお爺ちゃんの懐が広すぎる？

「何か困ったことはない？　枝関連とかでも」

騒音とかレーザー光とかミラーボールが眩《まぶ》しいとか。

「ナルアディードにいた時よりも快適に過ごさせていただいています。アノマにいた時よりも周囲の向上心に釣られ、私も若返ったようです」

パウロルお爺ちゃん、鉄壁《てっぺき》……っ！　枝の愚痴言ってもいいんですよ⁉

「ニイ様は何か困ったことや、要望はございませんか？　私にできることは多くはないですが、微力ながら理想を叶え、憂《うれ》いを払う手伝いを」

申し出られても特に悩みはないんだが。要望は大体ソレイユが聞いてくれて、目の前のパウロルお爺ちゃんも含めて実現してくれてるし。

「ああ。そういえば、幽霊を成仏《じょうぶつ》させる方法ってある？」

精霊図書館に調べに行こうと思っていたけど、本職がいた——本職だよね？　こっちの神殿はあんまり死者は関係ない？　そっち方面で神殿と関わったことがないから自信がない。

「人の思念を消し去る術ですな。食後にお教えしましょう——子供たちへの料理も美味しそうでしたが、こちらも美味しい」

そう言って、クラムチャウダーを口に運び、パンをちぎって食べる。

どうやら成仏させる方法に心当たりがあるようだ。成『仏』ってどう訳されてるのか謎だけど。滅びの国にリベンジ計画、今度はちゃんと準備を整えるぞ。

「さて、どこからいきましょうかな」

パウロルお爺ちゃんが本を10冊くらい持ってきた……っ！

「主に方法だけでよろしいなら、こちらとこちら」

テーブルの端に重ねられた本から、2冊を中央へ。

「幽霊と呼ばれるモノの分類から知るならば、こちら――ニイ様は精霊が見えておられるので、こちらはさわりだけでよろしいかと思いますが、方法を選ぶ際、必要になります」

3冊が中央へ。

パウロルお爺ちゃん、3冊のさわりってどれくらいですか……！

「残りは霊と呼ばれるものの歴史や、一般的な考えが書かれた代表的なものです。おそらくニイ様の視る世界とはずれがあるかと思います。ですが、見えぬ者、多少見える者たちの意見も知っておくと、自分自身の立ち位置や考え方の確認になりますので」

これ、もしかして10冊でもパウロルお爺ちゃんの厳選だな？　というか、幽霊にも普通に精霊が関わってるんです？

「えーと。分類と方法をとりあえず教えてくれるかな？　一般的な考えのこっちの山は借りてっていい？」

軽い気持ちで聞いたら、がっつりめの講義が始まった。だけどパウロルお爺ちゃんは教え方が上手いので、面白い。ワインを飲みながら、気楽な感じだし。

途中オルランド君が戻ってきて、真剣にメモを取り始めた。

こっちの世界で幽霊とか呼ばれてる存在はいくつかあって、半分くらいは精霊が関わってるというか、精霊だった。

大抵が人間の思いが精霊になったモノ。生きてる人のモノも稀にあるらしいけど、人の思いは生きてると体の中にあって安定してるので、亡くなった人の思いが精霊になるパターンが多いみたい。

生き霊《りょう》と死霊《しりょう》の違いじゃないよね？　まあ、見れば精霊かそうじゃないかわかるけど。もしかして似たようなもん？

精霊が人間の思いを奪ったもの、黒精霊が憑いた上で人間が体を失ったもの――色々分類があったんだけど、滅びの国の幽霊は魂《たましい》。こっちでは魂って体なしの人？　のニュアンスでいいのかな？　痛みや苦しみを感じる精神体？

うん。滅びの国のあれは精霊じゃないので逃げました。あれは幽霊です。絡みついてた黒精霊も嫌な感じだったけど。

いや、待って。そうすると俺が幽霊見えてるってことにならない？　大丈夫？　滅びの国って物理の効かない魔物が出るって聞いたんだけど、聞いたってことは誰かが見て話して――って、神々から聞いた情報だったろうか。

「滅びの国の幽霊ってみんなに見える？」

「なるほど、ニイ様の目的は滅びの国でしたか……。あの場所は『王の枝』の反転で呪《のろ》われた地、魂の解放は難しいと聞きます」

『王の枝』が黒く染まって、黒精霊になることは反転って言うのか。

「――『王の枝』って怖くないか？」

なんで欲しがるのかわからんくらいリスク高くない？

人間の欲望をぶつけられて黒くならないままでいるのって、精霊にとって至難の業《わざ》だと思うけど。

2本も持ってる俺が言うことじゃないかもしれない。でも、エクス棒は怖くないし、カーンとシャヒラは国がどうのじゃなくって2人で完結してるというか、好きにしてもらってるし、ノーカンでお願いします。

「人の欲望もありますが、『王の枝』を望むのは恵みが薄く厳しい地にいるからでしょう。そして信念を持ち、誓いを違えぬという決意を宿した者が、枝を得る厳しい旅に挑《いど》むのです」

すみません。『家』と『食料庫』のおかげでぬくぬくしてる挙句《あげく》、大した決意もなく行って手に入れてしまいました。

そうだな、国が富むというか、実り豊かになるってありがたい枝なんだな。こっちの食料事情は天候に左右されるし。人が枝を望むことを否定できない、だって「今」苦しいんだから。

俺は食うことが好きだし、何よりあんまり酷い場面は見たくないんで、生きるのに厳しそうな国には滅多に行かないけど、こっちの世界にはそういう場所が多い。

頑張って、保存の利く作物やら天候不順に強い作物やらを広めたいところ。どこもほどほどに食えて平和じゃないと、気軽にあちこち行けないし。とりあえずジャガイモは順調に広がってるけど。

4年周期でカブ・大麦・クローバー・小麦を輪作《りんさく》して、家畜を養いつつみたいな農法を広げようかとも思ったんだけど、中原の国々はそもそも戦争しててですね？

「『王の枝』の反転の影響は、『王の枝』を得てから失うまでの、誓いを守った者と誓いを違えた者の数が関係するそうです。一番酷くなるのは、最後の誓いを守った者が殺された場合――と、『王の枝』との問答の記録があります。そして『王の枝』の性格による、とも」

「性格……」

『王の枝』への誓いを守る人間が多いほど、『王の枝』も強くなるので人数が関係するのはわかるけど、最後は性格が原因になるのか。

あれか、枝を得る時の願いの気持ちが重いから、『王の枝』の愛と憎しみも重い感じに……!?

「精霊を見られない者が増え、『王の枝』を得る旅に挑める者が少なくなりましたので、枝を持つ国自体も減りました。それで、酷い例が際立っているところもあるのですよ」

パウロルお爺ちゃんに『王の枝』は悪いものではないと諭《さと》される。台なしにするのは人間の方だっていうのはわかるんだけど……。ああ、前提が間違っているのか。

俺は、『王の枝』への誓いをずっと守っていられるほど人間が綺麗でも強くもないと思っていて、枝を求める人たちは、人間が綺麗で強いと信じている。

ところでオルランド君の気配がないというか、静かに真剣というか。俺の気が散ってるのがちょっと申し訳なく。

でも気になるものは気になる。滅びの国の幽霊は、一般に見えるの？　見えないの？

パウロルお爺ちゃんの講義を受け、本を借りて『家』に帰る。

色々聞いたけど、今回必要なことだけ拾い出すと、滅びの国の幽霊は消せない。絡みついてる『王の枝』の黒いのをなんとかしないと、浄化《じょうか》とか昇華《しょうか》とかを個別では無理だということ。

『王の枝』があるのって、一般的には、城か神殿の中心とか奥とかだよね。俺は石を拾えればいいんで、そんな中心部まで行くつもりはないから。

で、光属性や火属性系、風属性や水属性の清々《すがすが》しい系だと、一時的に抑えることはできる。

このあたりを使った、魔法陣の作り方が載った本も貸してもらった。というか、この本、著者がパウロルお爺ちゃんのようです。

精霊が見えないので、過去の膨大《ぼうだい》な資料を読み漁って構築したそうで、一応望んだ効果は得られた――ただし、意図したように精霊が動いてくれた結果なのかは自信がないそうです。

あちこちの神殿で神官が使っている術式《じゅつしき》もあるそうで、「信頼できるものです！」とオルランド君が力説。

得られる結果は心配ないようだ。パウロルお爺ちゃん、精霊が見えないからね、自信がないのは、想定よりも精霊に無理させていたらとか、精霊受けの方だと思う。

それにしても、俺が今必要としてることを過不足なく教えてくれるってすごいよね。選び出してくれた本だけで10冊もあるのに。なんで消せないかとか突っ込んでいくと、どんどん複雑で難しくなってくんだろうけど。

それから数日は、借りてきた本を読み、山の手入れをし、リシュを撫でて綱の引っ張りっこで遊び、ブラッシングをして過ごす。

パウロルお爺ちゃんの系統は、主に光と風のようだ。アノマの神殿は光の精霊の信仰だし、中原は未だ風の精霊の影響が残っているので、資料もそれらが多かったんだろう。

本人自体は長年光の精霊に仕えていただけあって、光の影響を受けてるけど、元々がどれかの属性に傾いてるってことはない。座布団がそばにいるから、光属性の方が色々使いやすいと思う。

さて。

パウロルお爺ちゃんの魔法陣を基礎に使うなら、精霊に入ってもらうドームも、光か風と相性のいいものがいいよね。

光の精霊はよくわからないというか、満遍なくいるけど、逆に満遍ないせいで大物はどこにいるのやら。白夜《びゃくや》の精霊とかいるけど、夜も孕《はら》んでるしね。

風の精霊ならドラゴンのいるとこ。吠《ほ》える風の精霊や荒れ狂う風の精霊、絶叫する風の精霊がいて、魔物化したドラゴンの魔石は真っ黒だった。けど、魔物の魔石っていろんな色があるから、透明なのもあると思うんだよね。

水晶とかの鉱脈があれば一番手軽なんだけど、あんなところで採掘してる人はいないだろうし……まあでも、地の精霊に探してもらう手もある。とりあえず風の精霊が強いとこで探すってことで。

というわけでやってまいりました、ドラゴンの闊歩《かっぽ》する地。飛んでるのは普通のドラゴンが大半なので、地上をのしのししてるやつ狙いです。

風の精霊は魔物になると離れてっちゃうのかな？　風の精霊の助力で飛んでるから、離れてしまうと飛べなくなってしまうんだと思う。ただ、風の精霊ごと魔物化したのもいるんで、絶対じゃないけど。

……まじまじと見ると、のしのししてる恐竜みたいなのは、地の精霊とか岩の精霊の方が強いな？　地上にいる魔物が狙うのは地上の精霊だろうし、偏るのは仕方がないのかな？

どっかにまたドラゴンが落ちてないかと、うろうろする俺。急風の精霊やら驚風《きょうふう》の精霊がいるんで、突風注意。

せっせと名付けて弱くしてるんだけど、風が吹き荒れて同じ精霊がいるってことがない。風の勢いが強すぎるんですよ、ここ。

しょうがないので、海に入るのと同じように、球体の大気の守りを作ってもらう。強い風が表面を撫でて吹きすぎ、中にいる俺に影響を与えることはない。

時々、大気の精霊が風の精霊に引っ張られて過ぎていったり、球体の表面に風の精霊がまとわりついて、逆に大気の精霊を助けてたりする。

うろうろしてたら風の精霊がやってきて、しきりに俺の気を引く。

なんだろ？　以前来た時に名付けた精霊ではなさそうだけど？　ついてけばいいのかな？

この辺にいる、やる気溢れる風の精霊と比べると、穏やかな精霊。周囲のドラゴンやら、魔物化したドラゴンに注意しながら進む。

倒せるとは思うんだけど、質量があって大きな肉食獣って、こっちに来る前の記憶というか印象というかで、ちょっと怖く感じる。精霊寄りなら大きくっても平気なんだけど。

風の精霊は大きな岩山の裂け目に入っていく。明るいところから暗いところへ、少し目が眩《くら》むような感じはしたけど、すぐに見えるようになる。

するとビリビリと空気が揺れる。ドラゴンの咆哮《ほうこう》。そのあとも、鳥が騒ぐような、ライオンが吠えるようなでかい音が続く。

奥に進むと、ちょっと湿気《しけ》った感じで、火の精霊の気配も少々。足元には何か大きなものが通った跡。これ足跡の上を尻尾が通った感じ？　ドラゴンの巣なのかな？

——左右の壁に割れや崩れがあって、これは新しそう。

そして通路の先に突起が並んだ短い尻尾。声からすると、ドラゴンの魔物がドラゴンと戦ってるのかこれ？

たぶんこの先が広くなってて巣なんだよね？　デカすぎて通路が詰まってて見えないけど。

この詰まってるのは、ドラゴンの魔物。翼が見えないしおそらく地上型。俺の存在には気づいていないみたいで、後ろは無防備。

大気の精霊で遮断《しゃだん》されてるし、俺自身が認識阻害効果で存在感が薄いからね。精霊寄りの存在なら俺に気づいたかもしれないけど、ドラゴンの体は物理的に重くて、ちょっと黒精霊が入り込んだくらいでは精霊化しない。

そもそも風の精霊と共生してても存在感ありありだし。ファンタジーな存在だけど、対峙すると浮世離《うきよばな》れした印象はなく、ただただその存在感に圧倒される。それがドラゴン。

それはともかく、『斬全剣』で斬れるけど、上下左右を岩壁に囲まれててどうしたら？　岩壁ごと斬って崩れたらやだし。

魔法でずばんといくのがよさそうだけど、暴れられるとやっぱり崩れそうだし、一撃で仕留めたいね。

『風の精霊くん、たぶん中にいるドラゴンを助けたいんだよね？』

うんうんと体ごと大きく頷く風の精霊。

『じゃあ、ちょっと風の魔法を使う。魔力あげるから頑張ってくれる？』

再びうんうんと、体ごと大きく頷く風の精霊。小さな精霊が一所懸命《いっしょけんめい》なのは可愛いよね。

『じゃあ、こんな感じのイメージで』

またうんうんする風の精霊。

かといって、ドラゴンの表皮を貫通できるか自信がないので、まずは『斬全剣』で。

皮っていっても、怪獣《かいじゅう》の装甲《そうこう》みたいになってたり、厚みが10センチ以上あるような、魔法とか精霊金とかと同じように精霊の力を帯びてる皮だったりするからね。

「後ろから失礼します」

ずばっとね！

『風の弾丸《エアバレット》』

適当なイメージで適当な魔法名を言ってみると、『斬全剣』でつけた傷に風の精霊が飛び込んでいく。回転を加えながら、それこそ弾丸のように。

咆哮で、洞窟内が震《ふる》える。たぶん山ごと揺れてる。

――起きたことは可愛らしくありませんでした。

動かなくなったことを確かめて収納。せっかくなんで魔石が透明だと嬉しいんだけど。

目の前に詰まっていた黒いドラゴンの巨体をどかすと、向こうには金銀財宝とドラゴンが。

夕焼け色の――

『あれ？　島に来たドラゴン？』

竜玉取りに来た？

『おお。人間、人間だな？　我が子を助けた。我が子を』

財宝に埋もれたオレンジ色が俺に目を向ける。

大きなドラゴンだったたが、この地で見ると実はちょっと小柄？　いや、でっかいんだけど。

『鱗を、私の鱗を渡した。だが、再び助けられたのは私だ。どう報いよう、どう報いよう』

『たまたまだから、気にしなくていいけど』

ついでに【治癒《ちゆ》】をかけながら答える。

やっぱり魔物のドラゴンと戦っていたらしく、噛み傷っぽいのがいくつかついてた。

予想した通り、洞窟の奥は巣穴だった。一段低いところが広い空間になっており、金銀財宝が敷き詰められてる感じ。ドラゴンの魔物が破壊したのか、オレンジのドラゴンの応戦で崩れたのか、岩も落ちてるし、金貨が溶けてくっついてるのもある。

『いや。再び私と我が子だ。私と我が子を助けた。人間、どう恩を返そう。恩を』

オレンジ色のドラゴンが体を動かすと、その体表と似た色の卵が1つ。

卵か。ドラゴンってやっぱり卵なんだ？　ドラゴンの体からすると小さく感じるけど、俺の背丈の2倍を超える大きさ。

『この風の精霊が呼びに来たんだよ。あのドラゴンの魔物を倒したのも、この精霊だ』

なので気にしないでください。

ドラゴンに気にされると、落ち着かないというか、イコールやらかし決定っぽくって困ります。

風の精霊はドラゴンの卵の元に飛んでいって、すり寄っている。オレンジ色のドラゴンから離れて、新しく生まれる子を助ける精霊になるのかもしれない。

『無事産んだんだ？　いつ孵《かえ》るの？』

竜玉があれば単体生殖《せいしょく》もできるのか。いや、最初に産んだ時は番《つがい》がいたのかな？

『もう少し。もう少しだ。卵の殻の白色が全て変われば生まれる。我が力と精霊の力がいる。ゆっくり力がいる。この子を気に入った精霊は強くなったが、ゆっくりだ。ゆっくりした力でないと変わらない』

卵を抱いて温めてるというより、卵に力を注いでる感じなのかな？　どばどば注ぐんじゃなくって、馴染ませるみたいにちょっとずつ注ぐっぽい。

『この子が孵ったら。この子が孵ったら。お前の元に向かわせよう。お前の、お前の乗り物とするがよい。お前の願いでどこへでも、どこへでも』

目立つんでやめてください！！！！　いりません！！！！

『いや。移動は自前でできるから気にしないで。あと、親子はしばらく一緒にいた方がいいんじゃない？』

勘弁してください。飼うスペースないです。

『そうか。そうか。狩りの仕方も教えねばならんしな。教えねばならん。だが――』

『そこの財宝の中から、何かもらえる？　俺、透明に近いこのくらいの宝石探してるんだけど』

ドラゴンが明後日な方向のお礼を提案してくる前に慌てて言う。

『これか。この巣材か。もう我が子も孵る。次に生むのは私でも私でなくとも。また新しい巣材を集める。集めるゆえ、不要だ。好きなだけ持ってゆけ、持ってゆけ』

『ありがとう』

巣穴に飛び降りて、財宝を漁る俺。見られてると漁りづらいんで、ちょっと向こうを向いてて欲しい。

透明な宝石、透明な宝石。——いかん、ドラゴンの言葉遣いが移りそう。

ドラゴン曰く、巣材の財宝は金貨が多い。いろんな場所、いろんな時代のものがあるらしく、蝋《ろう》みたいに溶けた台の上に刻印を押したもの、綺麗にちゃんと丸くなってるもの、形も大きさもさまざま。

どっかの王冠とか、でかい宝石のついたネックレスとか、ぴかぴかの剣とか。これはあれだ、さてはやばいものも眠ってるな？

あんまり変なものを掘り当てないように気をつけよう。


無事に透明な宝石をもらってきた。【鑑定】さん曰く、アクロアイトだそうだ。トルマリンのカラーレス。トルマリンって熱すると電気を帯びるんだっけ？

占い師が使う水晶玉くらい大きいし、風の精霊と、ちょっとだけ火の精霊の影響を受けてる。条件的にはバッチリです。

作業部屋で球体に向かい色々確認。さてこれの中を削《けず》って、精霊が入るドームを……。

……。

頭の中で、ソレイユがものすごい悲鳴を上げ始めた。いやでもね？　そのために拾ってきたんだしね？

あ、血涙《けつるい》。

でも使ってこそだと思うんですよ？　え、宝石は飾っておけって？　いかん。イマジナリーソレイユが俺の作業の邪魔をする。

ダメだこれ、リアル本人にバレたら絶対同じことになる。こう、なんとか外側だけペロンと取れないものか。

色々考えた挙句、【転移】を使うことにする。

ただ、一部分だけ取り出すってのができなくて、ちょっとずつ削って、球体の中に球体を作って、それから。まず、精霊鉄の道具を作って、カリカリ削っていく中で道具の形を変えながら気長に頑張った。

最後は残った道具を崩して精霊鉄にして終了。中の分離した球体を【転移】！

できたのは普通な感じの少々不格好《ぶかっこう》な球体と、4ミリくらいの厚さのドーム。よし、これでソレイユが泣かず、俺の目的も達成。

ドームの中を研磨して綺麗につるんとさせる。――ついでに中身の方も、綺麗に整えて証拠隠滅しとこう。その前に一回り小さいドーム作っとくか。

とりあえず今日はここまで。リシュと遊んで、ご飯！

メカジキのガーリック醤油《しょうゆ》バターソテー。バターで表面を香ばしく焼いて――ふっくら柔らかいメカジキにニンニク醤油の香り。

さっぱりめのドレッシングで、ベビーリーフとワカメのサラダ。ご飯と味噌《みそ》汁。

厚めのメカジキはしっとりやわらか。バター醤油がサラダともご飯ともよく合う。メカジキを大きくしたんで、ちょっとくどくなってきたかな？　ってところでレモンをかけるのもいい。


翌日は基本のフレーム。持ち運び前提なのでランタン型にすることは決定している。

オイル用の部分に魔石を入れられるようにして、タンクの上には灯心《とうしん》とかじゃなくって、魔法陣。精霊の居心地をよくするためのものと、パウロルお爺ちゃんに教えてもらった霊を退散させるものの２つ。

後者は幽霊避けにもなるんだけど、滅びの国は幽霊がいすぎて遭遇しないのは無理な気がする。一応浄化するのもつけとこうかな？　あそこのは『王の枝』の黒精霊に絡め取られてて無理だけど、そのうち必要になるかもしれないし。

ああ、ドームの中に入ってくれた精霊を守るためにも、ランタン自体に強化とか守護とか。

元になる金属は何にしようか？　ここは精霊銀かな？

銀は精神的《せいれいてき》な影響を与える金属、鉄は物理的に影響を与える金属。精霊の認識ではそんな感じ。人間もかな？　金の方は物理的にも精神的にもとても安定した金属で、防具など守ることに使われることが多いんだって。

精霊銀のプレートに魔法陣をいくつか先に書き出す。何かあっても簡単に消えないように、彫りながらインクを流し込むような感じで。

アクロアイトのドームにも特殊なインクで透明な魔法陣を1つ。これは一番強烈な浄化の魔法。パウロルお爺ちゃんの魔法陣をアレンジして、もっとわかりやすく精霊に対してのお願いごとが書いてある。

出来上がった魔法陣のプレートを組み合わせて、精霊銀を足して、水銀のように流れてランタンの形に整えてもらう。

オイルを入れるところに、親指の先くらいの魔石をいくつか詰める。魔法陣のプレートを蓋にして、その上にアクロアイトのドーム。ドームに丸く空いた穴は、魔法陣の蓋にピッタリ嵌まる。つまみを持ち上げると、ドームが斜めに持ち上がって、蓋も外せるし、ドームの穴が精霊の入り口になる。

よしよし。形的にはいい感じ。

一回り小さなドームで、同じようにランタンを作る。少しだけ丸みを帯びたデザイン、魔法陣も変える。

……よし、こっちもいい感じ。

ハウロンかパウロルお爺ちゃんに採点してもらって、これでよければ滅びの国に再チャレンジしよう。魔法陣改変しちゃったし、ハウロンに見てもらおうかな。

精霊との相性というか、精霊に好かれてないと発動しないタイプなんで、精霊の見えないパウロルお爺ちゃんに見せて、切ない感じになっても困るし。お爺ちゃん、精霊に愛されてるけどね。座布団ずっと尻の下にいるし。

お直し用の精霊銀と、魔法陣を描くための道具を持って、砂漠へ【転移】。広いからついでにドラゴンの解体も――って、やっぱり気温低いところでやろう。干し肉になってしまう。また北の大地かな。

外伝1　建国の裏側

「いらっしゃい。今、仮置きが終わったところよ。台座を運んでもらったら、調整するわ」

ソレイユ嬢の声に、ジーンの訪れを知る。

ジーンの気配は掴むのが難しい。顔には出さないけれど、突然そこに現れるので内心びっくりしてしまう。

いっそ、ソレイユ嬢のように精霊の気配にも人の気配にも疎《うと》い――いえ、普通であるのなら、対処が楽なのかもしれない。

ここは建国の宣言と共にティルドナイ王が神々と渡り、祈る場で、神々のご座所《ざしょ》となる。

神像や神々を表す器物を収める場所ではなく、本当に神々がいらっしゃる場所になる。それも一柱《ひとはしら》ではなく、二柱《ふたはしら》。場合によっては他の神々の訪れさえもある。

すでに女神エスの訪れは約束されている。

その縁を結んだのは、ジーン。

本人曰く、年齢は20歳になったらしい。生身の目で見る外見は、少し若く見えるけれど確かにそれくらい。でも気配はもっと幼《おさな》く、精霊なのか人間なのか時々迷う存在。ティルドナイ王をあっさり砂の中から連れ出し、精霊を次々従えてゆく存在。

レッツェ曰くただの子供――そう教えられ、納得はしても、どうしても何者なのか、なんなのか考えてしまう私は、捉えどころのない気配と行動にどうしても惑わされる。

「あ、ごめん。俺も供物的なものを持ってきたんだけど、今から配置って少し変えられる？」

「あら、何かしら？」

そのまま受け入れているレッツェやソレイユ嬢を内心すごいと思いながら、努めて普通に聞く。

「これです」

あっさり出してきたのは、飾り皿に守られた黄金の実……、と野菜。

「き……っ」

悲鳴を上げかけて声を詰まらせるソレイユ嬢。

「……」

ソレイユ嬢の侍女《じじょ》が黙ってクッションを構える。

「ちょ……っ！！！！　やばいものがてんこ盛り……っ」

その量の黄金の実や野菜って、どれほどの魔術的価値があるか。一体どれほどの魔力を溜め込めるの？

「他に使い道を思いつかなくって。腐らないし、ちょうどいいよね？」

「よくないわよ！！！」

反射的に叫ぶ。

よかった、これに驚いたのは私だけじゃない。ソレイユ嬢も目を回しているもの。

「パスツールの白磁に劣らない美しい磁器……、精霊金・精霊銀っ！　なんてものを持ってきてるの……っ」

ソレイユ嬢、そちらなの？

黄金の実の方が価値はあるわよ？　……ああ、ありすぎて商人の手には余るのね。魔力を溜めておけて、精霊が補充してくれるそれは、下手をすると国を左右する。

中原のきな臭い状況、シュルムの台頭《たいとう》。私だったら、適当な魔法陣をつけて売るのだけれど。

いいえ、たくさんありすぎるからそう考えるだけで、1つだけならば、この国の安全と発展のために。

本当にこの量！　どうしたらいいのかしら？　1つでも争いの元になるというのに。

「大丈夫、大丈夫。ここには一般人は入らないわ……。騒がしいのが苦手な豊穣の神アサス様と嵐と戦の神——様の要望だもの。ええ、神殿の禁足地よね」

万が一、入り込んでこれらを見たとして、金メッキの実や野菜だと思ってくれるかしら？

「で？　もうわんわんハウスを運び込んでもいい？」

「わ……、ぐ……」

嵐と戦いの神……ッ！

「……そうね、戦の神の前で供物を盗める者もいないでしょう。ええ、運び込んでちょうだい。それから整えましょう」

がんばって、私！

「はい、はい。じゃあ連れてくる」

軽く答えて、消えるジーン。

ああ、我が一族の転移の秘法が！

「おお！　風景が変わったぞ！」

「おお！　前に来た場所より暑いぞ！」

「おお！　だが悪くない造りだ！」

「火の時代の遺構と聞いたぞ？」

「遺構にしては崩れておらんな？」

「補修の跡も見つからんぞ？」

しばらくして、急に騒がしくなる。

ジーンの連れてきた一団はずんぐりむっくりしていて、頑健そうな髭の者たち。

「ううう、本当に地の民。しかも集団……。北の大地の中でも地の民の元に辿り着くのは至難なのに。どうやって迷いの谷を越えたの……」

精霊を使いにやっても帰ってこず、運よく帰ってきたとしても、地の民の住まう場所には辿り着くことができない。それは生身の人間も同じ。


「あれが女神の黒檀の輿を置く場所か」

「あれが竜の鱗の神座を置く場所か」

「あれがわんわんハウスを置く場所か」


いえ、待って？

あの真っ黒な美しいものは……？　ドラゴンの鱗を使っていない？　気のせい？

「ちょっと、あれはどういう……」

「ううっ……。黒檀というだけでも高いのに……っ、地の民の技巧っ」

ソレイユ嬢、あのハウス、ドラゴンの素材も紛《まぎ》れているわよ？　いえ、でもその鱗にも負けない質感の黒檀……？


「この石の台座、サイズは合うが彫りが丸い」

「この石の台座、たくさんの誰かが撫でたのだろう」

「この石の台座、模様の彫りがすり減っている」


地の民たちが一斉に周囲の検分《けんぶん》を始める。

「そういえば、この溝には水が通る予定だから、何か調整するならそのつもりで」

ジーンが言う。

女神エスの渡りは本当にあるのかしら？

ジーンと会ってから今までのことを考えると、ない方がおかしいけれど。でも、ジーンと出会う前のうんと長い時間を考えると、そんなことはあるわけがない！　と思ってしまうのよ。

もう少し、厳かに、もう少しもったいぶってくれれば、私も納得したと思うのだけれど。いかんせん、私が積み重ねてきたものよりはるかに軽い扱いなせいで、受け入れるのに抵抗を感じるのよね……。


「ここに水が通るか」

「ここに水が通るのだな」

「ここに水が通る」


地の民たちが、あちこちに広がり、手を入れてゆく。

これでも精霊灯、夜空を映す精霊月石を使っているし、意匠も凝らしたつもりだったのだけれど。

「神殿そのものが、どんどん芸術品に変わってゆく……」

「この場所は入れなくなるのに……」

床でクッションに抱きつくソレイユ嬢も声に力がない。

後ろに控えるファラミアは、無表情に推移とソレイユ嬢を見守っている。チェンジリングは一緒に驚いてはくれないのね……。

「うう。目の前に地の民がたくさんいるのに、全員ものづくりをしているか、ものに興味を持っている最中で、商談ができない……」

商談……？

「こんなに、こんなにさまざまな分野の地の民がいるのに……」

私と同じ悩みじゃないのね？　ソレイユ嬢は商魂が逞しいわ……。

「ううう。この神殿、どうなっちゃうの？　地の民の作品で溢れ、黄金の果物と野菜が捧げられ、本物の神々が常駐するの？　黄金の果物1つでどれだけの魔法が展開できるのか。というか、この大きなのはカボチャなのね……」

よく見たら、蕪《かぶ》やキャベツまであるわ？

「邪魔ならわんわんとアサスには2、3日あげて、そのあとは食べていいぞ？　切っとこうか？　果物はそのまま食べられるし、野菜は蒸すとか焼くとか」

ジーンはどこまでも食物扱いなの!?

「……」

この1つを手に入れるために、国が動くレベルのものなのよ？

「収穫しないとどんどん増えるんだよこれ。黄金一色のサラダとか野菜スープとか嫌だし、普通の色の果物と野菜がいい」

「色の問題なの!?」

どうしても食べる前提なの!?

「だって味は普通だし……。姿焼きとかはできないけど」

「試さないで⁉」

そういえばウサギリンゴの時もこだわりは色だったわね……。黄金の実の魔力に気づいていないわけないわよね？　気づいていてなお、ずっとブレずに食べる前提なの？　そうなの。

「……レッツェたちを呼んできて」

「はい、はい」

そしてまた気軽に行使される我が一族の秘法。

いえ、一族の秘法よりはるかに制約が少なく、便利な【転移】。

「……この真っ白な磁器、そしておそらく精霊金。いくらになるの……」

ソレイユ嬢が泣きそうになりながら、ジーンの持ち込んだ黄金の実の載る、飾り皿の位置を整えている。

侍女はソレイユが置く位置に合わせて、他の飾り皿を黙々と整えている。これは私が参加するより、2人に任せた方がよさそうね。

「終わったわ。私たちは外の準備に」

しばらくするとそう言って、ソレイユ嬢と侍女が出てゆく。

儀式で王が立ち、跪《ひざまず》く場所の少し手前まで進む。作業のために薄明るく保っていた光を消し、ライトの魔法を改めて1つだけ浮かべる。

見える光景はとても美しい。歩く王からも、神々のご座所から見ても、美しく見えるよう苦心した。

ここでティルドナイ王は、再び国を持つ王となる。

「相変わらず転移ってすげぇな。視界の変化に慣れないわ」

「いきなり暑い！」

「む。美しい」

「お花！」

「うっわー！　金色！　かっこいい！！！」

「カボチャ？　すごいね金色！」

「うわー……。山盛り……容赦ねぇ」

「聞いていたよりすごいわ。それにあの神座、ずいぶんと気配が……」

「すごいことになってんな」

「素晴らしいね！　これから篝火を焚くのだろう？　幻想的に違いないよ！」

ジーンが戻り、急に騒がしくなる。

緑の深い者たちをジーンが連れて戻ってきた。

ジーンの【転移】は、魔力の消費量が少ないわけではないはず。たとえジーンと同じ【転移】が使えたとしても、おそらく私では人数の多い転移だと魔力不足で失敗する。

「いきなり騒がしくなったわねぇ。――ええ。ティルドナイ王が神々をご案内するタイミングで、松明と篝火をつけるわ」

短い階段を降りながら答える。

「おめでとう、よき日だな」

祝いを口にした影狼《かげおおかみ》の主人は、元貴族。

シヴァのようにその地位を自分から捨てたわけではない。王の家臣たる私の持つ感慨を、一番よく理解してくれているかもしれない。

その後ろで優雅に頭を下げるのは、影狼。気づけばこの中で一番付き合いが長い。

「ありがとう。でもその言葉はティルドナイ王へ。この日を待った王の日々ははるかに長いわ」

それでもかけられる祝いの言葉を受け取って、外に送り出す。

神殿の外にいるのは、ティルドナイ王の民たち。手伝いと祝いで駆けつけてくれた、ソレイユ嬢の商会員、地の民、キャプテン・ゴードの配下。

街は砂に守られて、かつての姿がほぼそのままに在る。

過剰なほどの神々の恵み。

一番得ることが大変な2つはすでに用意され、私は急いで国の体裁を整えたけれど、全く足りていない。内政も外交の体制も。

まだ人自体が少ないのだからしょうがないのだけれど。

エスに住み着いていた火の民、疲弊した中原で安息《あんそく》を求めていた人たち——せめてもっと王と縁の深い民をと望んでいたら、ジーンがエシャの民を見出してきた。ティルドナイ王がかつて治めていた民の血を引く者たち。

王はどの民も等しく扱うであろうけれど、お喜びだろう。


水盆で外の様子を確認する。

今日の主役はティルドナイ王、私はここで姿を見せないまま儀式を進行する。困ったことに、今の時代は私の方が知られている。

王のおそば近くにいて、言葉を交わした者たちならば、私よりティルドナイ王の方が素晴らしいとわかるだろうけれど、その機会を得られずにいる者も増えてきた。

空に残った太陽のオレンジ色が消えるのを合図に、篝火に火が入れられる。タイミングはよし。

精霊に王の登場を囁かせる。その囁きが囁きを呼び、王の現れる場所に意識を向けさせる。

地下神殿から階段を上がる王の足音を、精霊を使って少し大きく響かせる。

天上には冴え冴えとした月。雲を払う天候の魔術式を組むまでもなく、ベイリスが砂を収めて、大気の精霊たちに頼んでくれた。

王の歩く道を目立たせるように、篝火や松明の光を薄く覆い、周囲を暗くする。

月の位置をよくよく考慮して選んだ、この日。


「今日のよき日に」


神殿入り口の階段を上りきったところで、ティルドナイ王が集まった者たちに語りかける。

「『火の国シャヒラ』を興す。古きこの地の神々の御心はこの国にあり、『王の枝』は我が手中にある！　寿げ！　砂漠の精霊は我と共にある！　寿げ！」

言葉と共に広げたティルドナイ王の腕に、白と黒の繊細な枝が絡み出し、肩のあたりに白と黒のシャヒラが現れる。

一体何人が、王が『王の枝』と同化していると気づいただろうか。

背後からカーンの頭を抱くようにして、砂漠の精霊ベイリス。私よりも古くからティルドナイ王に寄り添っていた一握りの砂の精霊は、今は見渡す限りの砂の精霊。

「我が名はカーン・ティルドナイ。そなたらの国の『王の枝』はシャヒラ、我を守護するは、砂漠の精霊ベイリス！　我はそなたらの捧げる献身の代価として、国民の安寧と国の繁栄を誓う！」

精霊が王の声を隅々まで届ける。

「今日のよき日に」

ティルドナイ王の声は低く重く響く。

「神々の渡りあり！　賢き者はこの国を侵略しようとするなかれ！　嵐と戦の神わんわん！」

神の登場に驚き、沸き上がる群衆。

「神々の渡りあり！　我が国民は大地に注いだ労力の分、必ず報われよう！　豊穣の神アサス！」

荒々しい神に続き、豊穣をもたらす神の登場。

「なんと強大な……」

「大きな光が！　２つ!?」

「ジャッカルの影が……！　あれが嵐と戦の神のお姿……っ！」

「一瞬、緑と湿った土の匂いがしたぞ？」

「アサス様は『湿った種子』とも呼ばれる。すぐにでも芽吹く植物の種をお作りになられる」

民の中に中原出身者は多く、こちらの神話に疎い者もいる。精霊と人に神々の偉大さを囁いてもらえば、目の前の光景もあって、あっと言う間に広がってゆく。

「寿げ、祝え！　祝福し、今日という日を楽しめ！　我が国民は、今日という日を記憶に残せ！」

そう言って、ティルドナイ王は神殿に。

エス川から水が流れ込み、広場に薄く水が渡り、重力に逆らって神殿に上ってゆく。

ああ、女神エスよ、ありがとうございます。

さすがに女神エスとの打ち合わせなどはない。このタイミングは完全に女神エスの好意だ。

「今度はエスが……っ！　エスの女神がティルドナイ王を追ってゆく……っ！」

周囲がこれ以上ないほど盛り上がったところで、篝火や松明の光を元に戻す。ソレイユ嬢の商会員たちがタイミングよく酒を配ってくれ、盛り上がったまま宴に移行する。

どうやら全てが上手くいったことに安堵し、水盆を消し、ティルドナイ王を待つ。

「おお、綺麗な場所ではないか。ここならば乙女たちも喜ぼう」

「愚兄《ぐけい》、乙女と戯れるならば、エスを解放せよ。このわんわん、花など――まあ、悪くないぞ！」

先に、豊穣の神アサス様と嵐と戦の神が来られた。

「ここは好ましい力が溢れている」

神殿内を見回して、黄金の実に視線を止めるアサス様。

「うむ。人の地であるが、精霊の真《まこと》に近いようだな」

嵐と戦の神も周囲を見回し、黄金の実の上に視線を滑らせる。

いつの間にか、柱から出た顔でなく、黒い犬の姿でなく。そこに在るのは、よく似た二柱の青年神。

ご座所へと二柱が全く同じ動きで駆け上がり、ティルドナイ王を迎えるため、同じタイミングで振り返る。

半裸《はんら》の肩にそれぞれかけられた、濃緑の布と黒の布。金と緑、金と黒の、石の装飾——対《つい》の双子神。

その美しく強靭《きょうじん》な二柱が、ティルドナイ王を迎え入れる。

ああ——ここに悲願が。

「……浮気」

低い女の声が響き、ぴちょんと水音が鳴る。

「ちょっ……」

まさかアサス神の、乙女が喜ぶ云々《うんぬん》を聞かれた？　まだ乙女の来訪前なので、今日のこの日ばかりは怒りを鎮《しず》めて女神エスにお過ごしいただきたい。

「エ、エス？」

動揺した声でアサス様が女神エスを呼ばれる。

「女子《おなご》の外見にこだわらぬ男とは思っておったが、ソレでもよかったとは……」

女神エスの視線がちらりと私を捉える。

「は？」

待って？　私？

「――女神エスよ、ハウロンはそのような……」

ティルドナイ王が言い切るより早く、渦巻く水がアサス様を捉える。

ちょ、ちょ！　ここで神々の喧嘩が勃発《ぼっぱつ》するの⁉

まさか、私が原因で⁉

この万事上手くいったよき日を、私が壊すの⁉

少々パニックを起こしつつ女神エスを宥めるけれど、効果がない。

待って、待って。

慌てて精霊をディノッソと影狼の元へ、あとレッツェ！　いいえ、神々との関係性からいったらジーンを呼ぶべきなの⁉

神々に声をかけつつ、救援を呼ぶ。

「わんわんのか？　これはわんわんのだな⁉」

嵐と戦の神が黒い犬に姿を戻して、ジーンのしつらえた座に飛び込んでいく。

――欺瞞はやめましょう。わんわん様がハウスに飛び込んで、座ったり伏せたりと忙しい。

もしかして、わんわん様は、女神エスが悋気《りんき》を起こすと現実逃避気味になるの？

誰か！　早く来て‼

◆◇◆◇◆

「ふんふん？　火の精霊の力と水と空気、滑車と重り？」

「どんな機構だ？」

「おふたりとも。中に入りたくないのはわかりますが、諦めてください」

扉の外からくぐもった声が聞こえてくる。

間に合った、のかしら。

「だから我の好みは女だ！」

「女となればどのような形《なり》をしていても構わぬのですね。ほんに節操のない……。どうしてくれましょう」

アサス様の体がみしみしいっているし、女神エスは手を緩めない。

女神エスのそばにわんわん様が侍《はべ》って、女神エスを讃えながらアサス様を貶《けな》し、ジーンにもらった黒いご座所の自慢をしている。

「エス様、決してそのようなことでは……」

ちょっと、早く入ってきて！

これを止めて！

そう思いながら必死で神々に声をかけていると、ようやく扉が開いた。

「うわ、修羅場」

「神々も恋に焼かれる心は同じなのだね……」

正直すぎるディーンと、いつでも柔らかな表現をするクリス。

「麗しきエスよ、女ならば髭でもなんでもいい愚かな兄は見限り、我にせよ！　我は一筋ぞ！」

わんわん様が女神エスに訴えてらっしゃる。

女で髭という評価を下され、微妙な気分になるのは仕方がないと思うの。

「髭……？」

レッツェから怪訝《けげん》そうな声が盛れる。

「わんわんもそばにいて2人きりではなかったとはいえ、わんわんが愛しいアナタの浮気を止めるのは、最初の言葉だけだと知っているの」

にっこり微笑む女神エス。

「誤解だー！！！！　我は女好き！　上半身を出しておったのは、ここに入ってきた王に祝福を授けるつもりで……っ！」

アサス様が叫ぶ。

「女がそばにいれば、封印がキツくなる。だからといって、男を女に見立てるなんて……」

誤解です！　女神エスよ！

「自分は確かに言葉が女性的になることもありますが、それはアサス様には全く関係がございません！！！！！　恐れ多い！！！！！　それに精霊は恋愛対象に入りません！！！！」

神々相手に全力で主張することがこれだなんて！

「……恋愛対象？」

「どうやら女神エスは、ハウロン殿と豊穣神アサスとの仲を疑っているようだ」

「アサス様の守備範囲外だと思いますが……」

「……」

傍観者の顔をして好き勝手言っていないで、早く止めて！

「えー。エス？　アサスの言う通り、女性（？）に対してじゃなく、儀式っぽいものの途中なんで格好つけてるだけだと思うぞ。あとハウロンはカーン一筋だから誤解だ」

「ちょっと言い方！　あくまでティルドナイ王に仕える者としての敬愛よ！」

ジーンがとりなしてくれるけれど、言い方が別方向に誤解を招くから！　ティルドナイ王にまで迷惑がかかるでしょ！

「やはり我のアサスを……」

違います！！！！

「だから違う！！！！」

女神エスの言葉への、心の叫びがアサス様と被った。

「カオスすぎねぇ？」

「俺には難易度が高いです、先生」

ジーンとようやく目が合った。早くなんとかして！！　叫びたいけれど、神々の契約者であるジーンに、神々をなんとかしろと怒鳴るのは不敬になりそうで躊躇ってしまう。

「先生って誰？」

「この場合は恋愛経験が豊富な人？」

「俺は夫婦円満なんで修羅場なんかない」

「王狼の場合は、どちらかといえばシヴァを追いかけていた側でございますしね」

「いらん情報を挟むな！」

ちょっと、何関係のない話をしてるのよ！

私が当事者になってしまっている気がするけれど、女神エスの玉体《ぎょくたい》に触れるわけにもいかず、アサス神との間でおろおろしているよりはと、じりじりと神々の気を引かないようにジーンたちの方へ移動する。

ティルドナイ王も重いため息を一つ吐いて、ジーンの方に移られている。

「か弱い人の身に神々の仲裁は荷が重いよ。３人の女神の美の争いを決着に導いた結果、国同士の戦争になった神話も伝わっているからね」

「３人のうち最も美しいと思った女神に、人間の男が黄金のリンゴを捧げることになった話だな」

その場合、私はどのポジションなのよ？

「なんとかしてちょうだい。アナタあの３人と契約してるんでしょう？」

ようやく直接頼める距離に。

「そういう意味でなら止められるけど、強権で止めてもわだかまりが残って、燻るだけじゃない？」

……っ、正論。

「だろうな。あとで爆発する方が怖いんじゃね？」

ディーン。

後々までの禍根《かこん》は残したくないわ、でもこのよき日だけは無事に乗り切りたいの。

「夫婦喧嘩は犬も食わねぇ。2人っきりにしときゃ、収まるところに収まるだろうよ」

「なるほど」

レッツェの言葉に、ジーンが頷いた。

「わんわん！　ドラゴンの骨あげるから、ちょっとこっちで食べよう」

「む、今わんわんは忙しいのだが」

犬も食わないの犬って、わんわん様のことなの……？　そして――

「……骨で釣るの……」

心が乱されるのは、私の修行が足りないからかしら？

私以外は――影狼は視線が怪しいけれど――もう慣れている気配がするのだけれど……。なぜ平気なの？　これに慣れるのは人間をやめる時だと思うわよ？

「そこは水浸しだし、俺たちはこっちでご飯食べるんだけど、一緒は嫌か？」

「む……。ジーンのそばは好きぞ」

タオルを出してわんわん様を拭くジーン。

「……精霊を拭くのよね」

確かに古き強き神は目に映るだけでなく、確かな質量を持ってこの世に見えられるけれど。

女神エスとアサス様を残し、部屋の外に出る。

「旦那、扉頼む」

「この火を消しゃいいのか？」

もう扉の仕組みを知ったらしいレッツェが、王狼に頼んでいる。火を消すための道具、割と重いのよね。

「そういえば」

「何？」

「アサスに女が好きなのか、増える方が好きなのか、扉が閉まる前に聞いとけ」

「増える？　——えーと。アサス、アサスが好きなのは女の人？　増える方？」

レッツェがジーンに、アサス様への問いかけを提案してる。

増える——豊穣の神アサスは、大地に実りをもたらし、穀物に限らず実をつけ、実から増やす。アサス神が浮気性なのは、大地を満たすためだという。

「我は豊穣の神、増える方に決まっておろう！　我は愛を振り撒き、受け入れた相手が増えることを無上の喜びとする！」

「アタシは増えないわよ⁉」

だから、無関係よ！　思わずジーンに叫ぶ。

「当たり前だ！　我が増やすのは穀物、緑、果実、木々、美しい女性たちだけだ！　増えぬ相手、唯一の例外は我の愛した我が妻エスのみ！」

美しい女性、すなわち穀物、緑、果実、木々の精霊。

実は身。伝説では、アサス様は体を幾重《いくえ》にも切り刻まれ、大地に川にばら撒かれている。アサス神の体が落ちた場所は、実り豊かな土地となったという。

もしや、アサス神が増やしているのは己自身なのかしら？　体が分割されても個を保ち続ける精霊——一つ一つは弱くても、全てを把握、統合し——

「増えるというと、もしかしてダンゴムシとかもストライクゾーンなんだろうか……？」

「いや、植物だけだろ。『豊穣』の神なんだから」

考え事をしていたら不穏な会話をジーンがしているのだけれど。忘れた頃にやってくるダンゴムシ、どうにかならないかしら？

「おお！　この骨は食べでがあって好きぞ！」

わんわん様が上機嫌で骨に齧りついていらっしゃる。

「みんなも宴会料理食べ損ねたろうし、ここで宴会にしようか」

「へへ、食う、食う！」

ジーンの提案に、ディーンが嬉しそうに乗る。

「そうね、しばらく開けられないし。かといって、このまま外に出るのも微妙だし。お願いできるかしら。――ティルドナイ王、このたびはご迷惑をおかけいたしました」

ティルドナイ王にお詫《わ》びをする。

「いや、神々に巻き込まれるのは天災のようなものだ。人の身である以上はどうすることもできん。従って謝罪は不要だ」

頭を下げてティルドナイ王の言葉を受け取る。


女神エスとアサス様を隔離して、酒宴《しゅえん》になる。

今日の私は全ての儀式を終えたあと、宴席に参加せず、１人静かに飲む心づもりだったのだけれど。

ティルドナイ王だけでなく、私にも祝いの言葉を贈ってくれる者たちがどうやらそばにいてくれるらしい。

「さてじゃあ」

ジーンの言葉に、グラスを握る。

「待つがよい。我と我が最愛の参加がまだだ、中に来よ」

宴会が始まる寸前、女神エスから待ったがかかった。

わんわん様も部屋の中に駆け込み、どうやら仕切り直しのようだわ。

「わんわん、精霊だったんだな……」

分厚い扉を開けず、そのまま透過して駆け抜けたわんわん様を見送ってジーンが呟く。

「ずっと精霊でございました」

「うむ。犬は喋らぬぞ、ジーン」

「確かに」

影狼とアッシュに畳みかけられて納得した様子のジーン。

「ジーンがすごく嫌な結論に至った気がするのだけれど……」

「あんまりジーンの思考を予測するな。今日は祝いで、まだこれからだぞ」

もうこれ以上は「お腹いっぱい」というやつなのだけれど、レッツェの言う通り、まだ先は長いのよね……。付き合いの方も長くなりそうだし。

「……」

ティルドナイ王に従い、立ち上がる。

火の精霊ファンドールが、扉の横の大きな燭台の上でふわりと回転する。

燭台の火は機構を動かし、重い扉を開く。

神殿には、権威と不思議を見せつけて、人を陶酔《とうすい》させる演出をいくつも施《ほどこ》している。この自動扉に始まり、篝火、精霊灯、天井に浮かぶ星——音の演出も少々。

規模は違うけれど、神殿のどこでもやっていること。一番手軽なのは、香りの演出……という名の軽い酩酊《めいてい》をもたらす香。うちでは使っていないけれど。

精霊をもてなすには、緑と花の香りが一番ね。香は人に影響を与えるだけじゃなく、精霊を強く引き寄せるものもあるけれど、必ず偏りが出るし。

そもそもここには、神々が最初からおわすのだけれども。

神々に捧げる花の栽培も始めているけれど、しばらくはエスから買わないとならないわね。急ごしらえな国、足りていないことが山ほどあるわ。でも、今日のティルドナイ王の、民に対する印象付けは成功したと言っていい。今くらい何も考えずに祝いましょう。

思考から戻ると、ゆっくり開く扉。椅子に腰掛けて輝く女神エスが、視界の真ん中に入る。

傍らに豊穣の神アサス、女神エスを挟んだ反対には嵐と戦の神わんわん。

そしてネネトとスコスをはじめ、古代エスから存在する神々が勢揃いし、並んでいる。

『我が愛しき夫のいる地、我が主たる者の心がある地に、我と我が眷属より祝福を与えよう。水は枯れることなくこの地を潤すだろう』

『木々は葉を揺らし、草花は増え、実は色づく豊穣をもたらすだろう』

『外敵は砂の風に阻まれ、剣に貫かれ、ことごとく砂漠に倒れるだろう』

歌うように一定の旋律《せんりつ》を持って神々が言葉を発すると、女神エスを中心とする三柱《みはしら》の神から眩《まばゆ》い力が放たれ、神殿に、この地に染み込んでゆく。

『祝福を』

他の神々が一斉に声を上げると、同じように力が放たれ、散って、染み込んでゆく。

「お礼申し上げる。我と民草は精霊と共に在り、日々花を捧げること、約束を」

ティルドナイ王が進み出て、首を垂れた。

「ふふ、そなたもその気になれば、我らを取り込めるのではないか?」

そのティルドナイ王に、揶揄《からか》うような、挑むような口調で声をかける。

「……滅相もない。母なるエスを支配するなど。己の記憶が邪魔をするのもあるが、俺はコレほど懐が広くない。把握せんままでは身のうちに入れられんし、あなた方を把握できるとも思わぬ」

王の言葉に、女神エスがなんともいえない笑みを浮かべる。顔から感情が消え、口元だけは微笑みの形——正直、得体《えたい》が知れず恐ろしさを感じる。

ティルドナイ王も笑みを返しているけれど、私は顔を作っているだけで精一杯だわ。

「では宴会だの！　先ほどの料理、我らの分もあるのだろう？」

女神エスが雰囲気をガラリと変えて、明るく声を上げる。

「ああ——」

答えたのはジーン。

——ジーンがこの女神エスよりも、そしてティルドナイ王よりも、立場的には上なのよね……。エスの古き神々は、件《くだん》の勇者対策などの理由もあって、甘んじておられるのかもしれないけれど。

複数の神々を取り込んで、びくともしない魔力量。おそらくやる気になれば、本当に女神エスさえ完全に従わせることができる力。勇者よりも強いんじゃないかしら？　普段は全くそう感じさせないから、改めて考えると驚くわ。

『ちょっと失礼、水滴の精霊も、濡れた床の精霊も、全部溝の方に引いてくれるかな？　絨毯敷きたいんだ』


『はーい』

『わかった～』


そのジーンは小さな精霊に何かを頼んでいる。水、絨毯、移動、くらいしかはっきり意味がとれないのだけれど、ジーンのことだから「絨毯敷きたいから、水気をなんとかしてくれ」なんでしょうね。

「本体たる我がここにいるというのに、我が分身にして眷属どもはそなたの言うことを聞くのじゃな。というか、そなたも我に言えばよい」

女神エスが言う。

――アタシの精霊だけじゃなく、神々の眷属もお構いなしに本人の前で使うのね……。使えるのね……。

しかもやっぱり女神エスに命令できる立場なんじゃないかしら？　気のせい？　気のせいだ

と言って？　答えが怖いから聞かないけれど！

神々に寿がれ、友に祝われ、ティルドナイ王が微かに、けれど満足気に微笑まれる。王の長い孤独は癒《い》えた——そう思える光景に、泣きそうになる。

他の理由でも泣きそうになったけれど、いろんな意味で。普通に感動させてくれないかしら？

外伝2　精霊図書館の絨毯

『精霊図書館』の成り立ちは、ずいぶん昔。

最初の図書館は人間のもの。

知を欲した本狂いの皇帝《こうてい》が、金に糸目をつけずに集めた。

金にものを言わせるだけでなく、国内や影響下にある国々はもちろん、近くを通る商人や港へ停泊した船からも本を巻き上げ、写本《しゃほん》を作った。そして持ち主へ返されるのは写本の方。

かなり強引だけれど、強大な武力を持つ皇帝には逆らえなかったようだ。


やがて帝国は魔物と竜に飲み込まれる。


今は竜の飛ぶ地になっている、南の大陸にあった帝国――あのドラゴンがのっしのっししてるところに帝国があったの？　風も強いし、あまり住みやすい場所とは言えないけれど。

昔はまだ、魔物やドラゴンと同じく風の精霊も少なかったんだろうか？

その後、朽《く》ちるか焼けるかの運命だった蔵書《ぞうしょ》を移したのがルゥーディル。それが『精霊図書館』の最初。

やがて本の精霊が生まれ、結合し、図書館の精霊になったのが、あの子供の姿の精霊。ルゥーディルの眷属。

ルゥーディルが時々本を持ち込んで、少しずつ本が増えるたびに本にまつわる精霊が増え、その精霊たちが『精霊図書館』の外の本や文字の精霊たちと呼応し、文字を集めて、本を写し始めた。

精霊たちが『本』と認識するものはさまざま。俺が本だと思うものは、絨毯に織り込んだ模様の物語だったり、壁に描かれた絵だったり、砂浜に書かれて波に攫われてしまう文字だったり。

精霊が見つけて『本』だと思えばそれは本。

本にはオリジナルと写本がある。写したもの、真似たもの――精霊にとっては印刷したものも、オリジナルを真似たもののカウント。

精霊たちは、数日放置された本の形をしていないもの――メモ1枚、描きかけの絵、織りかけのタペストリーからも文字を攫ってゆく。

本の形のもので、数年経過した写本からも攫う。最初の写本からは少し、写本の写本からはもう少し、オリジナルの書き手や持ち主が許可していない写本からはたくさん。

盗まれた文字の代わりに、わかりやすい空白や、読めない模様が残るのならばまだマシ。精霊がついでのようにする悪戯には、単語の入れ替えや書き換えもあって、意味が全く違っている文章も現れる。

精霊たちはオリジナルの本を持ち去ることは滅多にない。少なくともこの『精霊図書館』に出入りする精霊たちはしない。

だからオリジナルは高い。写本は「どこか間違っている」可能性がとても高いから。

精霊たちは、『本』に敬意を払っている——ルゥーディルがそうだから、眷属も真似してるのかな？　なんにしても、全ての記録が信用ならなくなるのは困るから、いいことだよね。

精霊たちが盗み、攫ってきた文字は『精霊図書館』で本にされる。

広くて開放的な場所で、薄い暗がりの部屋で、地下で、塔の上で、精霊たちが文字を迎え入れる準備をしている。

『ぴんとはるのよ〜』
『かわかすのよ〜』
『がりがりするのよ〜』
『たいらにするのよ〜』

『うすくするのよ〜』
『ないふがいいのよ〜』
『かるいしがいいのよ〜』
『しろくぬるのよ〜』
『しかくくするのよ〜』

ある精霊は羊の皮を枠《わく》に張り、ある精霊はその皮を均等に薄く削り、ある精霊は貝殻の粉を塗ってインクのノリをよくする。

『ふわふわ手に入ったー』
『ぴーってするひとー？』
『はーい！』
『好きな色に塗りたいひとー？』
『はーい！』
『ピンと張りたいひとー？』
『はーい！』

『こっちは真っ白だけど描きたいひとー！』

『はーい！』

ある精霊は糸を紡ぎ、ある精霊は糸を染め、ある精霊は機《はた》に糸を渡し、ある精霊は白い布を広げる。


『お水冷た～い』

『ゆらゆらする～よ』

『とんとんする～よ』

『平らになるようにゆらす～よ』

紙を漉《す》く精霊だっている。


『俺は糸で』

『俺は糸の位置に穴を穿《うが》つ』

『俺は中身が広がらないように圧縮する』

『俺は表紙になる木を削る』

『俺はそれに皮を張る』

『俺は模様をつける』

『俺は金箔《きんぱく》を貼る』


『……』

『～～』

『　』


楽しそうに、真面目に、笑いながら、静かに、それぞれに本を作っていく精霊たち。とても精巧に本を再現していく。

いや、精巧すぎて、この薄いグリーンの表紙の本なんて砒素《ひそ》つきだけどね？　ネズミいないだろ、この図書館！

そんなわけで、『精霊図書館』の作業所を見て回っていた。

家に図書室作ったんで、あの部屋に他に何か必要になるかな？　もしくは格好いいオブジェないかな？　って。

『精霊図書館』、部屋によるけど趣味がいいからね。オブジェだと思ってたら、本扱いだったとかもあるけど。

ここには俺の認識してる本の形以外の本もあるんだなこれが。

俺が認識してる本というのは、紙を畳んで重ね、保護のための表紙がついてるもの。紙はまあ、羊皮紙《ようひし》とか、薄い木片《もくへん》くらいまでなら許容範囲。

本以外の本がどんなものかというと、何か書いてあるもの全て。書かれた字も、共通点は意味が読み取れるというだけで、さまざまだ。

字が書かれた何かの肩甲骨《けんこうこつ》や大腿骨《だいたいこつ》、表面に模様の彫られた三角錐《さんかくすい》、模様のある服——全てが本扱い。何か伝達できるものなら本カウントなの？

俺は【言語】さんのおかげで読めるけど、もう読めなくなった本もあるみたい。長い年月の間に、模様にどんな意味があったか忘れられたとか、その文化を持つ者自体が絶えたとか。

そんな本には、すごいことが書いてあると思うでしょう？

でもこれがまた、浮気者への呪詛《じゅそ》だったり、人の黒歴史日記だったりするんですよ？　精霊さん、なんでもかんでも集めるのはどうなんですか？

——直近の日記はいたたまれない気がするけど、大昔のはちょっと面白いよね。藤原道長の

『御堂関白記《みどうかんぱくき》』とか、俺も読んだもん。会議に行ったら誰もいなかったとか、周囲が色々あれで可哀想《かわいそう》な感じのあれ。昔の風俗とか、その時に何があったのかがわかって資料的にもすごいし。

じゃあ、やっぱりこの黒歴史も必要か。

よし。見学は一通りしたし、残りの時間は本を読もう。図書館だしね。

とりあえずナルアディード周辺の出来事を調べようか。レッツェやハウロン、ソレイユに聞いて、自分でも調べて、色々ざっくりは学んだんだけど。

今回は黒歴史な日記から、当時あった出来事がどう思われてたかとか、そんな感じのものを読んでみたいかな。


その前に腹ごしらえ。

一旦外に出て、風に当たりながら弁当を食べる。本日のお弁当はハンバーガー。ジャンクなものといえばエクス棒なので、エクス棒にも。

「ご主人！　これ、いい！　チーズマシマシできる？」

相変わらずどう食べているのか少し謎なエクス棒。

今のところ、口をぱくっとやると同時に、空間ごと切り取って腹に収めてる説が俺の中で優勢。

「できるけど、今挟んで間に合うかな？　熱々に挟まないと」

厚めのチーズを温めてから、熱々の肉に載せていい具合に溶け出す感じにしてる。

「んー、じゃあ次回頼む！」

そう言って、残りを一気に食べる。

「この芋《いも》も美味いんだ！」

俺が1つ目のバーガーを食べているうちに、あっという間にポテトを食べ、2つ目のバーガーを食べている。

好評で何よりだが、自分のサイズの2倍は食べてる。まあ美味しく食べてるならいいけど。

「そういえば『王の枝』ってマリナにもあるんだっけ？」

「あるって言ってたな！」

「どんな枝なんだろう？」

「麦じーさんより麦かな？」

「どうだろう？」

エクス棒の言う麦じーさんは、ナルアディードの『精霊の枝』のことだろう。麦の穂様とか言われてる、外見が麦の枝だ。

シャヒラの枝はシャヒラの一部みたいな感じなのに、エクス棒の枝はハニワだったので、『王の枝』と『精霊の枝』の外見の関連はよくわからない。

――エクス棒が特殊だったらどうしよう？

ちょっと不安になりつつ食事を終え、再び図書館へ。

『王の枝』について調べようか。

その前にマリナがどんな国かもうちょっと調べるか。


『マリナの誰かが書いた日記ってある――な』


精霊に問いかけつつ、自分で発見した。

なお、マリナの先代王の日記の模様。

マリナの歴史と合わせて読むと、まさかの裏側というか、実はそんなつもりは本人にはなかったとか、なかなか面白い。

当時の評価と現在の評価で、ものの受け取り方が変わってることも多い。

うん、面白い。

だけど、先代王の足フェチ全開日記でもあるので、すぐに記述のメインが足にゆく。どうしたらいいのこの王様？

隠してたみたいだけど、王妃様《おくさん》にはバレてたんだ？　先代王様、息子に王様を引き継いで引退しただけで存命なんだけど。
　割としっかり装丁された本の形してるし、内容が内容なだけに写しとかではないと思うんだけど、なんで『精霊図書館』にあるの？

　疑問に思ったので聞いてみた。

『それは燃えたの』
『それは燃やされたの』
『暖炉で燃えてたの』
『紙はそんなに燃えないの』
『黒くなるけど読めるの』
『黒くなったら燃えたの』
『燃えたものはいらないもの』
『だから写したの』
『あると消えるのはざまだったの』

『はざまは僕たちのもの』

『はざまの世界は僕たちの』


だ、そうです。

紙を燃やす際は、みんなも気をつけような！　俺は日記自体書かないけど！　物を燃やして系が効かない世界、色々あれですね……。


気を取り直して、今は絨毯のたくさんある部屋にいる。

これはさすがに小部屋に持ち込んで読むとかはできないよね。

天井の高い、ひんやりとして薄暗い広い部屋。その部屋中に数百では利かないだろう絨毯がかかってて、掻き分けて見ていく感じ。

あれだね、薄暗くてひんやりしてるのは、絨毯があった環境に近くしてるのかな？　ここと比べようもないほど狭いけど、エスの絨毯屋とかこんな感じだった気がする。

上の方の絨毯、どうやって読むんだろ？　大気の精霊に俺を浮かせてもらおうかな？

迷っていたら、小さな精霊が突いてくる。

『……』


あ？　頼めば下ろしてくれるんだ？

お願いすると、吊《つ》り下げられていた上の方の絨毯と、下の絨毯が一斉に入れ替わる。なかなか壮観。

俺がここで探してるのは、空飛ぶ絨毯。探してるというのはちょっと違うかな？　このたくさんの絨毯の置かれた部屋で、目的もなく見て歩くときりがなさそうで、空飛ぶ絨毯に当たったら別の場所に移動しようかなって。

絨毯を飛べるようにする魔法陣を描くのはできるんだけど、模様が魔法陣になるのとはまた別だから。

最初に下の方にあった絨毯には、エスとエス川周辺の小さな村の歴史や出来事が綴られてた。割と新しいやつ。

こういう小話《こばなし》系のものは、わかりやすいように枠がとってあったり、規則に沿って順番に模様が配置されてるので読みやすい。

魔法陣系はあれです、色の中に同色系で模様が！　とか、他の模様で縁取ってあったりして読みづらいんだよね。隠し絵か騙し絵を見ている気分になる。

今下りてきたのは、火の時代と石の時代のものが少し。精霊たちが本を集め始めるより前に栄えた時代の本は、失われたものが多いのかな？　さすがに少ない。

特に絨毯とか、大きなものは。逃げ出す時とか、さすがに絨毯抱えてく人は多くないだろうしね。

古い時代のものは、大きな精霊同士の戦いや、建国の伝説とかが多いな。その辺は古い精霊に尋《たず》ねることもできるんだけど、人間側から見た話とは盛大にずれてることもあって、比べてみるのも面白い。

で、空飛ぶ絨毯を見つけた。しかもたくさん。

あれです、どこかの時代、どこかの国で流行ってたのかな？　スクーターみたいなもん？　いや、オープンカーかな？

色々なサイズで、色々な色。サイズと色に合った模様。浮くための魔法の模様が数種類。乗った者の意思の出し方が数種類――声で飛び始めるとか、体重移動で方向を変えるとか。

『〇×～』

古い絨毯には精霊が宿っているのもいて、俺に解説してくれる。

空飛ぶ絨毯曰く、体重移動で飛ぶ方向やスピードの、全てを制御するのがかっこよかったらしいです。

ハウロンの絨毯はどうだったたろ？　大体一定の速度で一定の高さを飛んでるかな？　飛び始めは、飛ぶべき方向を指差してたかもしれない。


『いくつか模様を写していい？』

『○×～』

『ありがとう』


いいとのことなので、【収納】からまっさらなノートを取り出し、模様を写す。基本は精霊の名付け用なんだけどね。ノートを分けた方がよさそうな時用に何冊か持っている。

あれです、魔法陣関係のところは文字認識ができるおかげか、いい感じに写せるんだけど、その他のただの模様は上手いこと写せません！　バランス難しいよ!!


『○×～』

ん？　ここを見ろって？

『○×～』

……ここの模様で、イカした感じに絨毯が波打つって？

『○×～』

鈴つきの絨毯もあるけど、爆音が迷惑――迷惑なんだ？　暴走族扱いなの？　もしかして？

『○×～』

静かに、エレガントに、いい絨毯ってのはそういうもん？

『▲●～』

大変、しゃんしゃん鈴を鳴らしながら進む、うるさいタイプの空飛ぶ絨毯の精霊が会話に参戦してきた。
うるせー！　なるべく高く飛んで、空に鈴音《すずおと》を響かせるのが最高にクールなんだよ！　だ、そうです。

『▲●〜』

オレのこの模様を写せって？　うん、ありがとう。
高く飛ぶための魔法の一部っぽいのでありがたく見せてもらう。

『○×〜』
『▲●〜』
『○×〜』
『▲●〜』

あ、ちょっと喧嘩はやめてください。絨毯なんで、蹴り合ってても痛そうじゃないけど、ばふんばふん埃が散るから。綺麗に管理されてるけど、絨毯自体が毛織物だから、毛がね？

その後、スピードこそが命！　みたいな絨毯の精霊とか、たくさん乗せることが使命！　みたいな絨毯の精霊が参戦してきてカオスになった。

乗る人の好み、好みだと思うよ！

あとがき

こんにちは、じゃがバターです。

『異世界に転移したら山の中だった。』13巻をお送りします。

今回の表紙は、いつもと色合いが違う感じで、そして美しい！　岩崎様、いつも素敵なイラストをありがとうございます。

この原稿の最中、ものすごく久しぶりに風邪をひき、仕事が忙しいのもあって体調不良が長引きました。だいぶダメダメでしたが、書き下ろしのハウロン視点や精霊図書館の短編、本編ともどもお楽しみいただければ嬉しいです。

世の中地震など大変ですし、落ち着きませんが、読書の時が気を抜いてゆっくりできる時間であればと願います。


ジーンはますますマイペースに世界を楽しんでいます。ジーンと一緒に異世界をお楽しみください。

ディーン：なんで石探しなんかしてんの？

ジーン：あちこち見て歩くのが目的だけど、何か目標があった方が達成感あるから。
クリス：知らない風景も旅人の石も浪漫だね。
ジーン：失われた旅人の石の再発見とか達成感ある！
クリス：揃ったら私にも見せておくれよ？
ジーン：うん
ハウロン：そんな簡単に……
レッツェ：ドラゴン見にいって、丸々拾ってくるよりゃ平和だろ
ジーン：……
ハウロン：……
レッツェ：また拾ってきたのか……？
ディーン：え？　何を？
クリス：旅人の石だろう？

２０２３年弥生吉日

じゃがバター

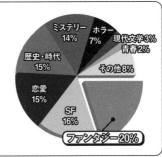

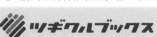

プライベートダンジョン
~田舎暮らしとダンジョン素材の酒と飯~
著：じゃがバター
イラスト：しの
鶏に牛、魚介類などダンジョンは食材の宝庫!
シリーズ累計65万部
『異世界に転移したら山の中だった。反動で強さよりも快適さを選びました。』の著者、じゃがバター氏の最新作!
これぞ理想の田舎暮らし!?
ある日、家にダンジョンが出現。そこにいた聖獣に「ダンジョンに仇なす者を消し去るイレイサーの協力者になってほしい」とスカウトされる。ダンジョンに仇なす者もイレイサーも割とどうでもいいが、ドロップの傾向を選べるダンジョンは魅力的——。
これは、突然できた家のダンジョンを大いに利用しながら、美味しい飯のために奮闘する男の物語。
定価1,320円（本体1,200円＋税10%）
ISBN978-4-8156-2423-1
ツギクルブックス
https://books.tugikuru.jp/

出ていけ、と言われたので出ていきます
1~5
著
枝豆ずんだ
イラスト
アオイ冬子
緑川 明
婚約破棄を言い渡されたので、
その日のうちに荷物まとめて出発！
猫と一緒に
二人(?)旅を楽しみます！
イヴェッタ・シェイク・スピア伯爵令嬢は、卒業式後のパーティで婚約者であるウィリアム王子から突然婚約破棄を突き付けられた。自分の代わりに愛らしい男爵令嬢が殿下の結婚相手となるらしい。先代国王から命じられているはずの神殿へのお役目はどうするのだろうか。あぁ、なるほど。王族の婚約者の立場だけ奪われて、神殿に一生奉公し続けろということか。「よし、言われた通りに、出て行こう」
これは、その日のうちに荷物をまとめて
国境を越えたイヴェッタの冒険物語。
1巻：定価1,320円（本体1,200円＋税10%） ISBN978-4-8156-1067-8
2巻：定価1,320円（本体1,200円＋税10%） ISBN978-4-8156-1753-0
3巻：定価1,320円（本体1,200円＋税10%） ISBN978-4-8156-1818-6
4巻：定価1,430円（本体1,300円＋税10%） ISBN978-4-8156-2156-8
5巻：定価1,430円（本体1,300円＋税10%） ISBN978-4-8156-2527-6
ツギクルブックス
https://books.tugikuru.jp/

誓略結婚
～あなたが好きで結婚したわけではありません～
著：綺咲潔
イラスト：祀花よう子
義弟のために領地改革がんばります！
5歳の義弟が可愛いすぎ！
病床に伏せっている父親の断っての願いとあって、侯爵令嬢のエミリアは、カレン辺境伯の長男マティアスとの政略結婚を不本意ながら受け入れることにした。それから二人の結婚式が行われることになったが、夫となるマティアスは国境防衛のため結婚式に出ることができず、エミリアはマティアスの代理人と結婚式を挙げ、夫の領地であるヴァンロージアに赴くことに。望まぬ結婚とはいえ、エミリアは夫の留守を守る女主人、夫に代わって積極的に領地改革を進めたところ、予想外に改革が成功し、充実した日々を過ごしていた。しかし、そんなある日、顔も知らない夫がとうとう帰還してきた……。はたして、二人の関係は……？
定価1,430円（本体1,300円＋税10%）　ISBN978-4-8156-2525-2
ツギクルブックス
https://books.tugikuru.jp/

2024年7月、
最新17巻
発売予定！
もふもふを
知らなかったら
人生の半分は無駄
にしていた
1～16
著／ひつじのはね
イラスト／戸部淑
冒険あり、癒しあり、笑いあり、涙あり
もふもふたちに囲まれた
異世界スローライフ！
魂の修復のために異世界に転生したユータ。異世界で再スタートすると、
ユータの素直で可愛らしい様子に周りの大人たちはメロメロ。おまけに妖精たちがやってきて、
魔法を教えてもらえることに。いろんなチートを身につけて、目指せ最強への道？？
いえいえ、目指すはもふもふたちと過ごす、
穏やかで厳しい田舎ライフです！
転生少年ともふもふが織りなす
異世界ファンタジー、開幕！
定価1,320円（本体1,200円＋税10％） ISBN978-4-8156-0334-2
ツギクルブックス
https://books.tugikuru.jp/

義妹に婚約者を奪われたので、
好きに
生きようと
思います。
著：ミズメ
イラスト：秋鹿ユギリ
義妹の様子がなんだかおかしい！
第11回
ネット小説大賞
早期受賞作品！
ラノベとかオシとか、
なにを言っているの？
なんでも私のものを欲しがる義妹に婚約者まで奪われた。
しかも、その婚約者も義妹のほうがいいと言うではないか。じゃあ、私は自由にさせてもらいます！
さあ結婚もなくなり、大好きな魔道具の開発をやりながら、自由気ままに過ごそうと思った翌日、
元凶である義妹の様子がなんだかおかしい。
ラノベとかスマホとオシとか、何を言ってるのかわからない。あんなに敵意剥き出しで、
思い通りにならないと駄々をこねる傍若無人な性格だったのに、どうしたのかしら？
もしかして、義妹は誰かと入れ替わったの!?
定価1,320円（本体1,200円＋税10％）　ISBN978-4-8156-2401-9
ツギクルブックス
https://books.tugikuru.jp/

卒業パーティーで王太子アレファルドは、自身の婚約者であるエラーナを突き飛ばす。

その場で婚約破棄された彼女へ手を差し伸べたのが運の尽き。翌日には彼女と共に国外追放&

諸事情により交際0日結婚。追放先の隣国で、のんびり牧場スローライフ!

……と、思ったけれど、どうやら彼女はちょっと変わった裏事情持ちらしい。

これは、そんな彼女の夫になった、ちょっと不運で最高に幸福な俺の話。

1巻：定価1,320円(本体1,200円＋税10%) ISBN978-4-8156-0356-4
2巻：定価1,320円(本体1,200円＋税10%) ISBN978-4-8156-0592-6
3巻：定価1,320円(本体1,200円＋税10%) ISBN978-4-8156-0857-6
4巻：定価1,320円(本体1,200円＋税10%) ISBN978-4-8156-0858-3
5巻：定価1,320円(本体1,200円＋税10%) ISBN978-4-8156-1719-6
6巻：定価1,320円(本体1,200円＋税10%) ISBN978-4-8156-1854-4
7巻：定価1,320円(本体1,200円＋税10%) ISBN978-4-8156-2289-3
8巻：定価1,430円(本体1,300円＋税10%) ISBN978-4-8156-2404-0

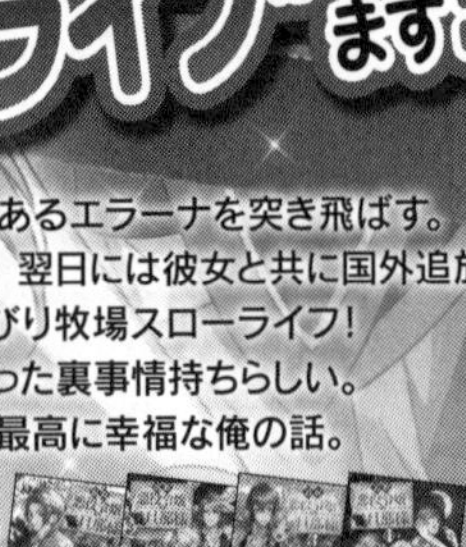

ツギクルブックス
https://books.tugikuru.jp/

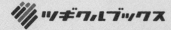

両親の死で子爵家最後の跡取りとして残された1人娘のサーシャ＝サルヴェニア。しかし、子爵代理の叔父はサーシャに仕事を丸投げし、家令もそれを容認する始末。
ここは、交通の便がよく鉱山もあり栄えている領地だったが、領民の気性が荒く統治者にとっては難所だった。
そのためサーシャは、毎日のように領民に怒鳴られながら、馬車馬のように働く羽目に。
そんなへとへとに疲れ果てた18歳の誕生日の日、婚約者のウィリアムから統治について説教をされ、ついに心がポッキリ折れてしまった。サーシャは、全てを投げ捨て失踪するのだが……。

定価1,320円（本体1,200円＋税10%） 978-4-8156-2321-0

ツギクルブックス

https://books.tugikuru.jp/

ツギクルブックス

愛読者アンケートに回答してカバーイラストをダウンロード！

愛読者アンケートや本書に関するご意見、じゃがバター先生、岩崎美奈子先生へのファンレターは、下記のURLまたは右のQRコードよりアクセスしてください。

アンケートにご回答いただくとカバーイラストの画像データがダウンロードできますので、壁紙などでご使用ください。

https://books.tugikuru.jp/q/202404/yamanonaka13.html

本書は、カクヨムに掲載された「転移したら山の中だった。反動で強さよりも快適さを選びました。」を加筆修正したものです。

異世界《いせかい》に転移《てんい》したら山《やま》の中《なか》だった。反動《はんどう》で強《つよ》さよりも快適《かいてき》さを選《えら》びました。13

2024年4月25日　初版第1刷発行

著者　じゃがバター

発行人　宇草 亮
発行所　ツギクル株式会社
〒105-0001　東京都港区虎ノ門2-2-1
発売元　SBクリエイティブ株式会社
〒105-0001　東京都港区虎ノ門2-2-1

イラスト　岩崎美奈子
装丁　株式会社エストール

印刷・製本　中央精版印刷株式会社

ISBN978-4-8156-2305-0
Printed in Japan